NORTE EM ÁGUAS

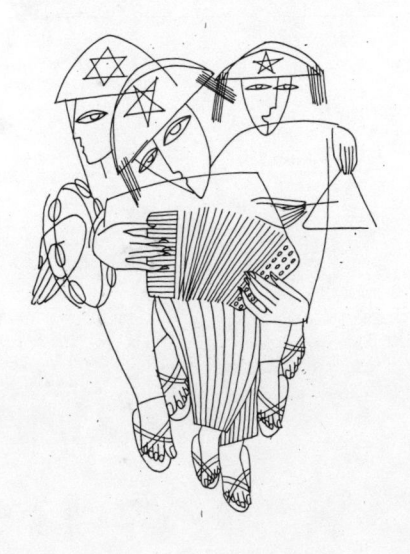

JOSÉ SARNEY

NORTE das ÁGUAS

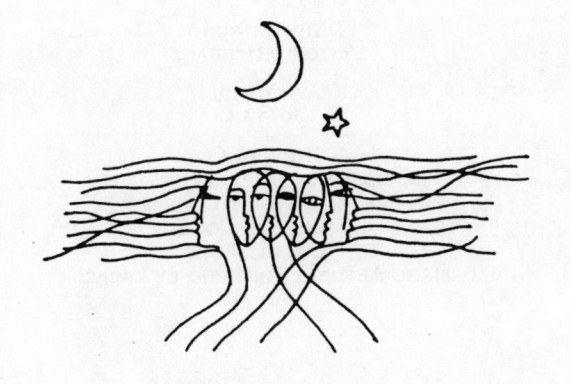

Contos

4.ª edição

JOSÉ OLYMPIO
EDITORA

© José Sarney, 1970

Reservam-se os direitos desta edição à
LIVRARIA JOSÉ OLYMPIO EDITORA S.A.
Rua Marquês de Olinda, 12
Rio de Janeiro, RJ — República Federativa do Brasil
Printed in Brazil / Impresso no Brasil

ISBN 85-03-00359-7

Capa e ilustrações
CYRO

Editoração
FÁBIO FERNANDES DA SILVA

Diagramação
ANTONIO HERRANZ

Arte-final
JOATAN

Revisão
ANDÓCIDES BORGES DE LEMOS, FILHO
MARCO ANTONIO CORRÊA
JOAQUIM DA COSTA
FATIMA CARONI
FABIANO ANTONIO COUTINHO DE LACERDA

CIP-Brasil. Catalogação-na-fonte
Sindicato Nacional dos Editores de Livros, RJ

S256n 4. ed.	Sarney, José, 1930- Norte das águas: contos / José Sarney; introdução de Léo Gilson Ribeiro — 4. ed. — Rio de Janeiro: José Olympio, 1993. Dados biobibliográficos do autor. 1. Contos brasileiros. I. Título.
93-0765	CDD — 869.93 CDU — 869.0(81)-3

A
   MARLY,
      ROSEANA, FERNANDO e JOSÉ,
com amor.

A
   ODYLO e NAZARETH,
*da família dos Boasgentes —
consangüínea dos Bonsdeuses.*

SUMÁRIO

Dados biobibliográficos do Autor.......................... ix
O Maranhão do Senador Sarney, o escritor *(Léo Gilson Ribeiro)*... xiii
Norte das Águas *(Antonio Carlos Villaça)*.............. xxiii

NORTE-ÁGUAS

Abertura do Tanto-Faz.. 5

Brejal dos Guajas.. 7

Os Boastardes... 69

Os Bonsdias.. 83

Os Boasnoites... 99

Merícia do riacho Bem-Querer............................... 121

Joaquim, José, Margarido, filhos do velho Antão... 147

Beatinho da Mãe de Deus...................................... 169

Dona Maria Bolota que empresta de bom coração... 181

*Dados
biobibliográficos
do Autor*

JOSÉ SARNEY nasceu a 24 de abril de 1930, em Pinheiro, Maranhão, filho de Sarney de Araújo Costa e Kiola Ferreira de Araújo Costa.
Formou-se pela Faculdade de Direito do Maranhão. Na faculdade fundou a Folha do Estudante e depois a revista A Ilha, com o colega Ferreira Gullar, hoje um dos grandes nomes da poesia brasileira. Dirigiu o suplemento literário do jornal O Imparcial. Publicou seu primeiro livro de poemas em 1954, A canção inicial. Em 1970 estréia como ficcionista, com Norte das águas, livro de contos muito bem recebido pela crítica. José Cândido de Carvalho disse: "Que livrão. Que coisa bem feita de cara e de corpo. Quando acabei o livro havia luar em minha cabeça, não sei se do livro, não sei se do céu."
Participou da Comissão de Direito Constitucional da VIII Conferência de Justiça Sul-Americana, em São Paulo, 1954. Foi professor de Direito da Faculdade de Serviço Social da Universidade Católica do Maranhão em 1957. E professor de Problemas Brasileiros da Faculdade de Administração do Maranhão no período 1957-58.
Ingressando na vida política, elegeu-se deputado federal por seu estado, em 1955, sendo reeleito em 1958 e 1962. Na Câmara integrou as comissões de Constituição e Justiça, Orçamento, Relações Exteriores, Valorização da Amazônia e Educação e Cultura.
Foi delegado do Brasil na Comissão de Política Especial da Organização das Nações Unidas, na XVI Assembléia Geral, em 1961. E de 1965 a 1970 foi governador do Maranhão. No ano de 1967, foi membro do Conselho Deliberativo da Superintendência de Desenvolvimento da Amazônia.
Deixando o governo, foi eleito senador para as legislaturas de 1970-78 e 1976-86. No Senado fez parte das comissões de Constituição e Justiça, Relações Exteriores e Educação e Cultura. Em janeiro de 1985 é eleito vice-presidente da República. E no mesmo ano, de 15 de março

a 21 de abril, foi presidente da República em exercício. A partir desta data passou a ser presidente da República. Como presidente visitou oficialmente o Uruguai, Portugal, Cabo Verde, o Vaticano, Itália, Argentina, Estados Unidos, China, Japão, União Soviética, Angola e França por ocasião do bicentenário da Revolução Francesa. Visitou também Peru, Equador e Costa Rica.

Foi presidente do Instituto de Pesquisa e Assessoria do Congresso Nacional, de 1971 a 1983, e delegado do II Encontro de Ecologia e População, em Nova York, 1971.

Foi membro da delegação do Brasil à XXVI Assembléia Geral da Organização das Nações Unidas, em 1972, como Observador Parlamentar, e da delegação brasileira às Conferências Interparlamentares de Tóquio, em 1973, Madri, em 1974, e Londres, em 1975. Foi vice-presidente da União Interparlamentar, em Colombo, Sri Lanka, em 1975. Foi novamente membro da Delegação do Brasil à XXXVIII Assembléia Geral da Organização das Nações Unidas, como Observador Parlamentar, em 1983.

Abriu a XL Assembléia Geral da ONU, em setembro de 1985. E em setembro de 1989 abriu sua XLIV Assembléia Geral.

Possui as seguintes condecorações estrangeiras: Grã-Cruz da Legião de Honra da França, Grande Colar da Ordem Militar de Sant'Iago da Espada, de Portugal, Grã-Cruz da Ordem José Matias Delgado, de El Salvador, Grã-Cruz da Ordem de San Martín, da Argentina.

É membro do Instituto Histórico e Geográfico do Maranhão e da Academia Maranhense de Letras, exercendo a presidência de ambas as instituições no biênio 1966-67. Também integra o quadro da Academia Brasiliense de Letras. Em 17 de julho de 1980 foi eleito para a Academia Brasileira de Letras, na vaga de José Américo de Almeida, sendo recebido por Josué Montello. É membro também da Academia das Ciências de Lisboa, sucedendo a Pedro Calmon; do Pen Clube do Brasil e do Instituto Histórico e Geográfico Brasileiro. Doutor honoris causa da Universidade de Coimbra.

José Sarney é casado com dona Marly Macieira Sarney. Tem três filhos — Roseana, Fernando José e José.

OBRAS

Pesquisa sobre a pesca de curral. São Luís, 1953.
Cultura e governo. São Luís, 1953.
A canção inicial (poesia). São Luís, Afluente, 1954.
Norte das águas (contos). 1.ª edição, São Paulo, Martins, 1970; 2.ª edição, Rio de Janeiro, Artenova, 1980; 3.ª edição, Lisboa, Livros do Brasil, 1982.
Governo e povo (conferências). Rio de Janeiro, Artenova, 1970.
Petróleo, novo nome da crise. Brasília, Senado Federal, 1977.
Democracia formal e liberdade. Brasília, Senado Federal, 1977.
Desafios do nosso tempo. Brasília, Senado Federal, 1977.
Desafio do futuro. Brasília, Senado Federal, 1978.
Maribondos de fogo (poesias). Rio de Janeiro, Artenova, 1979. 2.ª edição, Brasília, Alhambra, 1988.
Um poeta no Meio-Norte: H. Dobal. Brasília, 1980.
O Parlamento necessário (vol. 1). Rio de Janeiro, Artenova, 1981.
Elogio de José Américo. Discurso de posse na Academia Brasileira de Letras. Rio de Janeiro, 1981.
O Parlamento necessário (vol. 2). Rio de Janeiro, Artenova, 1983.
Falas de bem-querer. Rio de Janeiro, Artenova, 1983.
Brejal dos Guajas e outras histórias. Rio de Janeiro, Alhambra, 1985.
Tales of rain and sunlight. Londres, Wyvern-Sel, 1986.
Discurso na Academia das Ciências de Lisboa. Lisboa, Bertrand, 1986.
Sessão solene de posse do Acadêmico Doutor José Sarney, Lisboa, Academia das Ciências de Lisboa, 1986.

NOTA DA EDITORA — Não estão incluídas as publicações como presidente da República.

O Maranhão do senador Sarney, o escritor

LÉO GILSON RIBEIRO

Em São Luís do Maranhão, no palácio dos Leões, quando termina o expediente diário, é comum ressoarem pelas janelas abertas para o azulão rio Anil vozes de cantadores populares ao som de violas. Modinhas que falam de filhas de fazendeiros seduzidas, de coronéis do interior em luta eleitoral e de cangaceiros valentes partindo do palácio do governador estadual. Para o povo do Maranhão, essas melodias fazem parte do encerramento dos trabalhos, quase que se casam com o lento crepúsculo da cidade, com seus sobrados coloniais azulejados e suas ruínas da guerra contra os franceses que ali queriam fundar a France Equatoriale, em 1600.

No gabinete de José Sarney, 39 anos, quadros de pintores primitivos maranhenses e estátuas barrocas do Nordeste do século XVIII alternam-se com mapas de estradas que cortam o estado e com os planos da usina de Boa Esperança, que, inaugurada recentemente, veio dar ao Maranhão a opção da industrialização por meio da eletrificação de sua vasta região rural.

Em 1965, eleito ao mesmo tempo governador, na mais sensacional eleição de seu Estado, e presidente da Academia de Letras Maranhense, José Sarney rompe, ao contrário, todos os moldes acadêmicos: na administração e na literatura. É, de certa forma, a poesia no poder. Exemplo único, no Brasil, ele repete a lição africana, que tem como presidente do Senegal o grande criador da negritude, Leopold Senghor. A revolução de Sarney corre paralela.

Na administração: o orçamento estadual, no seu governo, saltou de 18 milhões para 370 milhões de cruzeiros novos; de estradas asfaltadas pulou de zero a 500 quilômetros, além de 3.000 quilômetros de estradas de terra; 85 municípios que não se comunicavam com o mundo viram pela primeira vez os fios do telégrafo e o aparelho estranho, quase mágico, que falava ao longe: o telefone; o único ginásio que havia logo teve 53 outros a lhe fazerem companhia pelo estado afora. Enquanto as matrículas escolares quadruplicavam, de 100.000 para 450.000, o Maranhão também deixava a posição de quinto para quarto estado nordestino de maior desenvolvimento.

Na literatura: *Norte das águas* (1.ª ed., Editora Martins, 1970; 2.ª ed., Editora Artenova, 1980; 3.ª ed., Livros do Brasil, 1982) é a mesma revolução na literatura regional brasileira. Em vez do Nordeste exclusivamente voltado para o retrato realista de suas secas, de sua miséria, de sua fuga para o Sul, José Sarney mostra um rosto novo do Nordeste, desse pedaço mais ameno e mais doce do Nordeste que é o Maranhão. Não que sua literatura esteja divorciada da realidade social e econômica em que as insere. Ao contrário: seus contos de *Norte das águas* brotam dessa realidade amada, profundamente conhecida e compreendida por José Sarney. Mais ainda: não seria temerário afirmar que a posição solitária de Guimarães Rosa, como vértice da grande literatura universal de cunho regionalista, tem agora dois ângulos de base: José Cândido de Carvalho, o autor fluminense da obra-prima chamada *O coronel e o lobisomem** (José Olympio Editora), e agora este delicioso painel maranhense, *Norte das águas*.

UMA VISÃO POÉTICA

SEM IGNORAR o atraso do subdesenvolvimento nordestino denunciado nos romances ásperos de Graciliano Ramos, José Lins do Rego e Rachel de Queiroz, José Sarney opta por uma visão poética dos elementos populares do Nordeste em seu trecho maranhense. O leitor não tem nem uma versão açucarada de um Nordeste "progressista" e sem problemas sociais nem uma mera denúncia trágica de uma situação de gritante injustiça social.

---

* *O Coronel e o lobisomem*, 39.ª ed., José Olympio Editora.

Há cangaceiros no mundo de José Sarney, e quase tão temíveis quanto Lampião e Corisco: os temíveis irmãos Boastardes, do conto inicial:

"Quem são os Boastardes?

"Olegantino, o mais velho, bigode ralo, testa luzidia, lábios mansos e mão gorda. Fala aos galopes de mão quebrada e seu pigarro é um 'nhô, ei vento' que sai em lugar do ponto, quando o pensamento fecha.

"Vitofurno, o mais baixo, gordo do calcanhar ao pé do pescoço, a cara de chave perdida, sem abertura, de mãos leves, as rédeas do cavalo são brandas nos seus volteios, maestro do cabeção e da brida, a fazer as patas rodopiarem, estancarem, de pronto ou de maneiramente, como se pede ou ele gosta de mostrar.

"Mamelino, o fino, de voz rala, alto, pálido, rido bem amarelo, de duas palavras, de dois sorrisos e de um só ouvido. Chapéu de palha, sandália de frade, seu 38 é mais longo do que o cano, porque escorre na linha das ancas altas.

"Olegantino, Vitofurno e Mamelino, todos Boastardes, da família destes, primos carnais, viventes valentes e que andam em bando, pelas estradas e pelas festas."

Sem esquecer as maldades covardes destes bandoleiros — forçar uma mulher grávida a rolar numa espinheira, atirar num violeiro que desafinou numa festa —, o contista prefere deter-se em seu lado ridículo, em sua ostentação barata, de força, desafiada por uma caipira de fôlego, a Rita Nanica, que se sente ultrajada com suas liberdades num baile. É o grito dela ao vencer os temíveis bandidos, quando a orquestra, estarrecida de medo de sua audácia, pára de tocar: Isto aqui se arrespeita. Nosso baile é de moça, não é de rapariga.

Há beatos e fanáticos religiosos, como no conto "Beatinho da Mãe de Deus" que nascera "no Olho-d'Água da Paciência, terras de babaçu, cutia e carrapato, tudo de um dono só, trinta léguas no caminho das boiadas de Goiás e vinte léguas até as barrancas do Parnaíba, quando o Maranhão deixa de ser para virar Piauí".

As curas milagrosas do Beatinho logo agitam os meios políticos: os coronéis querem seu apoio político, pois, com uma frase do Beatinho já idolatrado no sertão, qualquer candidato (das extintas UDN ou PSD) venceria as eleições municipais.

Mas, em meio às revoltas atiçadas pela imprensa de cada partido e pela política mesquinha, José Sarney opta por um desaparecimento misterioso do milagreiro Beatinho: "O Beatinho da Mãe de Deus jamais voltou ao Olho-d'Água da Paciência. A polícia o perseguiu por todos os cantos do estado. Foragido aqui, escondido ali, não pôde mais rezar a ladainha da Mãe de Deus (que começava Mãe de Deus, rogai por nós) nem mandar os caboclos não pagar foros, nem impedir a polícia de cobrar metade do ganho pelas bancas de caipira e roleta."

Alguns meses depois, sua notícia era apenas uma carta do deputado Botelho:

"*Vosmecê, seu deputado Botelho. Entretanto a Vossa Alteza os mistérios de minha igreja e os prejuízos que a polícia me deu. Peço três vidros de inhame para izipra do sangue.*

"*Deus seja. Deus quer, Deus quis, Deus seja louvado. Dou minha bênção da Mãe de Deus.*

"*Ass. João Almeida do Zeferino, Beatinho da Mãe de Deus.*"

A COMÉDIA

É EM MEIO a uma sensível observação do meio popular que o escritor maranhense tece o momento cômico, enternecedor, dessa esplêndida galeria popular nordestina. Os indolentes Irmãos Bonsdias, na mira da solteirona Rita Nanica (a mesma que vencera os cangaceiros do conto inicial):

"Rita Nanica, sem pendores e decidida, não deixava sempre de dizer, em letras todas:

"— Para São Pedro, não vou ficar. Até cansar-se da indecisão deles diante de seu pedido de 'morada junto' e que se muda com seus pertences para a casa deles, declarando sem rodeios: 'Olha, seus Bonsdias, vocês por vocês mesmo não arrumam mulher. Pois ela chegou. É para um e para três.' "

São as cantigas populares, colhidas na sua graça ingênua e sem retoques:

"São Longuinho era cego,
no peito de Deus mamou.
Logo que o sangue saiu,
a vista quilareou..."
"A burrinha do Joaquim,
Tinha um buraco de angu,
Foi o rato que roeu,
Pensando que era beiju."
"Se Deus fez o homem assim,
Pra que tu quer acabar,
Viva as estrelas do céu,
o quati e o sabiá."
"Vremeião, feio e ladrão,
Da veíce à dentição
No sertão do Maranhão
Somente seu Absalão."

OS CORONÉIS

HÁ CORONÉIS no mundo maranhense feudal que o autor descreve. São os inimigos políticos, os coronéis Javali e Guiné, que disputam as eleições com as armas mais curiosas e inesperadas: com apostas pra ver quem é capaz de soltar mais rojões e foguetes nas festas juninas, quem é mais rico — o coronel que compra o primeiro jipe que o interior já viu, embora não haja estradas para o veículo, ou o coronel que inaugura um alto-falante que transmite em meio às mensagens eleitorais valsinhas e toadas de desafio. Versos anônimos mais ferinos aparecem como arma política, numa terra em que a sátira pode esvaziar uma campanha, como as quadras da história de Dona Cota, que aparecem na porta de um açougue, acusando o prefeito, dono de uma loja de fazendas, de roubo e de inépcia administrativa:

> *"Diz este povo todo*
> *Deste Brejal maliadado*
> *Que anda muito abusado*
> *Com essa sua gestão.*
> *No entanto a sua loja*
> *Repleta está de fazendas,*
> *Sedas, cambraias, rendas...*
> *E na rua é um grande matagal*
> *Que vive desafiando*
> *A foice prefeitural.*
> *E você no Gabinete*
> *Exclama bem satisfeito*
> *Como é bom se ser Prefeito...*
> *Montado com boa bota*
> *Casado com Dona Cota."*

O mendigo cego Francelino resolve intervir na disputa e agradece as esmolas tocando um berimbau e cantando corajosamente:

> *"Deus lhe pague a santa esmola,*
> *Deus lhe dê riqueza e fé;*
> *Mas livrai vossa sacola*
> *Da mão do Seu Guiné",*

um *jingle* político que lhe vale um prato de comida na casa do coronel Javali.

Assim como a reparação de seduções de virgens por meio do casamento dos "fazedores do mal a inocentes" passa a ser um argumento de apaziguamento político, graças à intervenção salvadora do bom vigário padre João, que declara as eleições empatadas e reconcilia os chefes políticos inimigos: "Javali e Guiné continuariam suas brigas noutras oportunidades, comprando o babaçu e o arroz pelo preço combinado, e o povo de Brejal feliz: oitenta por cento, de tracoma, sessenta de bobà, cem por cento de verminose, oitenta e sete de analfabetos, mas feliz, ouvindo a valsa do Brejal, Brejal dos Guajajaras."

O ARROJADO E O TRADICIONAL

O ANTIGO ESTUDANTE de advocacia em São Luís, José Sarney, que costumava deslumbrar seus colegas e amigos contando coisas e varando a noite, logo utilizou seu poder quase hipnótico de narrador como instrumento político: seus discursos arrebatavam a multidão e sua argumentação arrebatou, em reuniões da Sudene, fábricas importantes para o Maranhão, fábricas cobiçadas por estados mais ricos como o de Pernambuco. Ficou célebre a disputa oral entre José Sarney e o governador pernambucano Nilo Coelho, que rivalizavam no prédio da Sudene, em Recife, pela localização de uma fábrica de celulose. Cansado de argumentar com dados estatísticos, que mostravam claramente que o Maranhão estava muito mais necessitado do que qualquer outro estado nordestino (exceto o Piauí) daquela injeção de progresso, Sarney ganhou rinha, arrancando aplausos até dos funcionários, dirigindo-se ao governador pernambucano com ar súplice:

— Afinal, eu não acredito que o senhor queira tirar pão da boca de cego!

Como o novo Maranhão, que ele inaugura em meio ao contagiante entusiasmo popular, José Sarney mistura, na sua vida particular, na sua administração e na sua literatura o revolucionariamente novo, arrojado e o tradicional. Pilota ele mesmo, freqüentemente, o avião do governo, um Beechcraft, mas vai antes de qualquer viagem pedir a bênção à mãe a caminho do aeroporto. Fundou em São Luís uma revista literária, *A ilha*, e distinguiu-se nos meios econômicos por um ensaio social de grande lucidez: *Pesquisa sobre pesca de curral*. Inaugura a ponte que liga a capital maranhense situada numa ilha ao litoral e o porto de Itaqui, na mesma semana em que traz com ar de triunfo velhos mapas de São Luís, comprados em antiquários de Recife, do Rio e da Bahia, para ornar as paredes do palácio dos Leões.

Sua equipe jovem, de idade média de 33 anos, é cantada em música e versos nos discos gravados por Jorge Goulart e Altamiro Carrilho. Flâmulas, camisas, mapas e *slogans* da sua administração celebram a inauguração da Usina de Boa Esperança. Literariamente, José Sarney fez o Maranhão retomar os caminhos que o tornaram, ao lado de Minas Gerais, um estado singularmente dotado para a poesia, o teatro, o conto e o romance. Descendente intelectualmente de Gonçalves Dias; Humberto de Campos; Odylo Costa, filho; Aloísio e Artur Azevedo; Sousândrade; Graça Aranha; Catulo da Paixão Cearense e Raimundo Correia, José Sarney consagra-se, com este livro de estréia, como um dos mais importantes escritores regionalistas do Brasil moderno. A revolução que ele trouxe ao Maranhão reflete-se na atuação desse veio difícil e tradicional: o regionalismo que ele renova com sua paisagem humana, sua poesia, sua afinidade com a ingenuidade, a pureza e a graça maliciosa do povo maranhense, mosaico do povo brasileiro. Antes que as lamparinas se apagassem pelo interior do estado engatinhante na redenção sócio-econômica, já este excelente *Norte das águas* iluminava com um brilho novo o terreno desse delicado virtuosismo verbal: o equilíbrio entre elaboração erudita e transcrito de uma literatura oral que é, em última análise, a literatura de cunho regional.

É, literalmente, um novo Nordeste, pujante, não entregue ao fatalismo da mera constatação de mazelas sociais, que pulsa nestes contos variados, que vão da tragédia de fuga de um capataz negro com a filha branca do fazendeiro poderoso ao misticismo ingênuo do Beatinho, da verve brejeira das proezas eróticas da Rita Nanica e seus três maridos até o painel delicioso de uma luta eleitoral por meio de foguetes, jipes e alto-falantes.

Norte das águas é um livro que o leitor que se interessa pelos grandes momentos de nossa literatura em plena afirmação qualitativa não pode perder, pela sua renovação de um estilo e pela marca indelével de um mestre que se reconhece, firme, desde sua estréia.

*Norte
das águas*
ANTONIO CARLOS VILLAÇA

Norte das águas, de José Sarney, apareceu em 1970. Guimarães Rosa morrera em novembro de 1967. José Cândido de Carvalho publicara *O coronel e o lobisomem* em 1964. Josué Montello disse muito bem que José Sarney está para o Maranhão como Simões Lopes Neto está para o Rio Grande do Sul e o primeiro Afonso Arinos está para Minas Gerais.

Entenda-se. A pura identificação do escritor com a sua terra, com o seu povo. O Maranhão é a matéria e o sentido da sua obra de ficcionista. *Norte das águas* é, assim, a revelação de um escritor, no plano da literatura regional. E Josué pondera — "Literatura regional que, por seu valor e sua modernidade, tem circulação nacional". Regionalismo que se integra naquele brasileirismo, de que nos falava Tristão de Athayde no seu admirável estudo sobre o sertanismo, no ensaio a respeito de Afonso Arinos. Sarney é um alencarino.

"Obra de arte ajustada ao seu tempo, como criação e expressão técnica", observava Josué, com verdade. Ao tomar posse no Pen Clube do Brasil, José Sarney reconhecia em si próprio a dupla vocação — a literatura e a política. Político e escritor, sim. Mas distinguia logo: a política foi o destino, a literatura foi a vocação. E as duas perspectivas nele se uniram, harmoniosamente.

A substância da sua ficção é a realidade maranhense. E, por isso mesmo, foi pedir ao padre Antônio Vieira a epígrafe da sua obra ficcional. A epígrafe é expressiva. O político percorreu o seu estado de um extremo a outro, dizia Montello, e dessa intimidade física, real, concreta, existencial, nasceu uma ciência minuciosa, que se transmitiu ao escritor.

Não é uma literatura política, longe disso. Mas há numerosos elementos da sua vasta experiência política nas páginas do contista. No mesmo ano de 1965, em que se elegeu governador de seu estado, foi eleito presidente da Academia Maranhense.

Léo Gilson Ribeiro pôde escrever com razão que Guimarães Rosa como vértice da literatura universal de cunho regionalista tem dois ângulos de base — José Cândido de Carvalho, com o inimitável *O coronel e o lobisomem*, e *Norte das águas*, o painel maranhense.

Há um sentido regionalista e nacionalista na obra do escritor José Sarney. E adequadamente a sua cadeira na Academia Brasileira de Letras é a de José Américo de Almeida. E sucedeu a Pedro Calmon na Academia das Ciências de Lisboa. A poesia no poder, exclamava Léo Gilson Ribeiro. E aproximava José Sarney do fenômeno Leopold Senghor, do Senegal, saudado efusivamente na Academia Brasileira por Tristão de Athayde, que lhe declamou Cruz e Souza.

Ao tomar posse no Instituto Histórico e Geográfico Brasileiro, Sarney proferiu um discurso a que podemos chamar nacionalista. O seu brasileirismo se manifestava com nitidez. E ele até citou Euclides, no discurso de posse deste, na aurora do século, em que nos fala do seu orgulho de ser brasileiro. Esse brasileirismo está nos contos de *Norte das águas*, livro revelador.

Aurélio Buarque de Holanda resumiu o sentimento geral — "Que bom livro". E na concisão dessa palavra estava um julgamento sereno, objetivo. Álvaro Pacheco escreveu que *Norte das águas*

é alguma coisa do melhor que já se fez em literatura brasileira, no campo de Graciliano, Rosa, Palmério e João Ubaldo. Como nestes quatro, tem uma linguagem nova, uma força lírica e telúrica, a invenção verbal, o retrato, no sol e na lua, na ponta da faca e na luz da conversa, de uma raça heróica que nasceu e está lá, dos sertões de Minas até o Parnaíba e o Mearim. Dessa raça nordestina de que somos feitos e que estes quatro, Graciliano, Rosa, Palmério e Ubaldo, e mais Sarney, foram os que, até agora, no meu gosto, melhor retrataram e trouxeram mais força, vigor, poesia e realidade para dentro da literatura.

Há uma aliança entre a vida política e o senso poético, nas ficções de *Norte das águas*. Vejo nos contos simultaneamente uma visão extremamente realista, meticulosa, precisa, exata, e uma visão poética, lírica, uma espécie de transfiguração do real.

O Brasil está vivíssimo, nestas estórias de gente matuta. O Maranhão, o Nordeste, o Brasil. A vida cotidiana do povo, as brigas políticas, os coronéis, os cangaceiros, a religião, a culinária, a paisagem, as matas, os rios, o amor e a morte. José Sarney viu a realidade concreta, econômica e social, compreendeu a psicologia das suas personagens e iluminou tudo com uma intuição criadora, que lhe vem da sua intimidade com a poesia.

Sarney se integra numa longa árvore genealógica que, no século XIX, tem as suas expressões mais altas em Bernardo Guimarães, Alencar, Taunay e Franklin Távora. O brasileirismo se exprime através de cinco perspectivas — a cidade, a praia, o campo, as selvas, a roça. Alencar expressou tudo isso, na sua obra globalizante. E Machado de Assis pôde falar da unidade nacional da obra alencarina.

Instinto de nacionalidade, chamou Machado a um dos seus melhores estudos críticos. É o que vemos na criação de Alencar. O litoral, no *Ermitão da Glória*, a cidade na *Pata da gazela*, o sertão em *O gaúcho* ou *O sertanejo*, as selvas, em *Iracema* ou *Ubirajara*, a roça em *O Tronco do ipê* ou *Til*. O mesmo brasileirismo está no *Ermitão de Muquém*, de Bernardo Guimarães, ou na "Literatura do Norte", de Franklin Távora, com *O Cabeleira* ou *O matuto*.

A corrente roceira e sertanista é a grande corrente da literatura do Brasil. Veja-se a obra-prima de Lúcio de Mendonça, 1877, *Coração de caipira*. Há um fio condutor que passa por *Dona Guidinha do poço*, de Oliveira Paiva, pelo *Cacaulista*, de Inglês de Souza, por *Luzia Homem*, de Domingos Olímpio, *Pelo sertão*, de Afonso Arinos, *Maria Bonita*, de Afrânio Peixoto, *Os caboclos*, de Valdomiro Silveira, o livro dos *Urupês*, de Monteiro Lobato, que Rui celebraria na sua famosa conferência sobre a questão social no Brasil, em 1919, no Teatro Lírico.

E penso no vigoroso e original Simões Lopes, no Alcides Maia, de *Ruínas vivas* e *Tapera*, em *Tropas e boiadas*, de Hugo de Carvalho Ramos. Refiro-me apenas aos mortos, e aos maiores. A literatura ficcional de Sarney está nesta linhagem capital. É toda amor e violência. É toda emoção, paisagem e ação.

O Maranhão aqui está, palpitante, fremente, o Maranhão de longa tradição literária, autenticamente literária, de João Francisco Lisboa, Gonçalves Dias, Humberto de Campos, Artur Azevedo, Aluízio Azevedo, Sousândrade, Coelho Neto, Graça Aranha, Odylo Costa, filho. Odylo foi uma espécie de mestre espiritual de José Sarney, que, jovem, fundara em São Luís a revista literária *A ilha*. E dirigira o suplemento literário do jornal *O imparcial*.

Coronéis, beatos, cangaceiros sucedem-se nestas ficções maranhenses, que nos trazem duas epígrafes do padre Antônio Vieira, tão ligado ao Maranhão e seu povo e tão da intimidade intelectual de Sarney.

O livro apresenta nove estórias. Mas a grande personagem é o Brejal dos Guajas, isto é, dos Guajajaras. As primeiras estórias constituem um ciclo. E tudo se insere perfeitamente no melhor regionalismo do Brasil. E já se observou que Sarney utiliza o falar maranhense sem indicá-lo graficamente, porque o incorpora, o promove à língua geral. Luci Teixeira o viu muito bem. Os termos regionais integram-se normalmente, organicamente, espontaneamente, na prosa dúctil de Sarney.

Logo na primeira das estórias do Brejal dos Guajas, vemos a dupla perspectiva — a visão política e a visão poética.

O Brejal era outrora uma dormida das boiadas que desciam de Goiás, em demanda da feira das Pombinhas. O velho Santos, o avô boiadeiro, ali descansava quando vinha do sertão alto, e nos campos e pastos do Brejal passava dias. No Brejal, o velho conseguira casar, já maduro, coisa que nunca o deixaram fazer antes a profissão e a mulherenguice.

A prosa é poética. Leve, rápida, envolvente. Sarney acolheu a lição de Stendhal — não insiste.

Brejal tranqüilo, ajuntados alguns homens e mulheres e meninos naquelas duas ruas, só eles e as estrelas, impassíveis diante do mundo.

xxvii

Sarney pertence a uma geração de grandes intelectuais, de poetas — a geração de Ferreira Gullar, Bandeira Tribuzzi, que delicadamente citou no seu primeiro discurso na ONU, Lago Burnett, Nauro Machado, Joaquim Campelo Marques.

E a vida popular do Maranhão vai surgindo, diante de nós, os costumes, a linguagem coloquial, a concretude da rotina. Há um conhecimento exaustivo das realidades miúdas. Há uma familiaridade absoluta entre o autor e seu povo.

As contendas ou futricas políticas. As conspirações, os fuxicos, as fofocas, o diz-que-diz, a banalidade do existir comezinho, o povo mais povo. Claro, a experiência política pessoal, de tantos anos, ajudou aqui o escritor.

Vemos a incrível duplicidade de prefeituras, a preparação das eleições, a agitada campanha eleitoral, com as cartas falsas, a solução genial do empate (com o voto em branco). Há comicidade nestas páginas e em tantas outras. Jocosidade. O riso espontâneo, *le rire*, de que nos falou Bergson.

Os Boastardes — Olegantino, Vitofurno, Mamelino — nos trazem uma descrição extremamente jocosa. São figuras algo diabólicas, delirantes. Há um sopro de tragédia, uma vocação para o desespero. Trata-se de novela muito condensada e forte.

Os Bonsdias são Rosiclorindo, Florismélio, Brasavorto. Seres dominados por manias. Estranhezas. Abusões. E vem a inacreditável e veracíssima estória do casamento de três homens e uma só mulher.

Os Boasnoites se chamam Amordemais, Dordavida, Flordasina.

Surgiram destas terras e ninguém sabe donde vêm. Vêm do chão, cantam e riem, e galopam, sem pão e sem medo, bebendo e vivendo, que de beber e viver vivem.

Há aqui um íntimo conhecimento milimétrico da cantoria popular — a voz do povo aqui se faz ouvir, no seu canto mais espontâneo e genuíno. O povo canta e o escritor canta com o seu povo. Tudo é canto. E as estórias dos Boasnoites presos têm uma dimensão poética que as transfigura. A estória das águas, a estória das abelhas. "Eta Maranhão grande aberto sem porteira"...

As toadas do povo estão aqui na sua inteira vivacidade. Só o poeta poderia ter escrito estas páginas. O amor de Merícia e Pedroca é um capítulo inesquecível. Tão humano. Tão intenso. A morte dos amantes juvenis é uma cena poderosa.

A estória dos Arrudas tem uma visualidade instantânea. Joaquim, José, Margarido. A violência impera. Ouvimos as balas. Beatinho da Mãe de Deus é o fanatismo. "A verdade é como o manto de Cristo: não tem costura", palavras de Antônio José, lavrador em São José das Mentiras. Beatinho nos propõe as relações entre a religião e a política, entre a ordem espiritual e a ordem temporal.

Dona Maria Bolota nos traz de novo estória de padre e de bispo, com a deliciosa venda do cavalo Macico, depois da doação. Há um senso lúdico. Ludicidade. O contista se diverte. E nos diverte. Sentimos que a sua cosmovisão é dominada pelo gosto de viver, pelo amor, uma visão positiva, uma visão marcada fundamente pela esperança. José Sarney é da vertente de Charles Péguy.

O político, o observador social, o ficcionista e o poeta se dão as mãos, na sua prosa ágil, veloz.

Rio de Janeiro, setembro de 1989.

NORTE das ÁGUAS

Conhecidos já pela fortuna os descreve o Profeta, e muito particularmente pelo exercício e arte da navegação, em que eram e são os Maranhões mui sinalados entre os índios, por serem eles, ou os primeiros inventores de sua náutica, como gente nascida e mais criada na água que na terra, ou certamente porque com sua indústria adiantaram muito a rudeza das embarcações bárbaras, de que os primeiros usavam.

Assim que vem a dizer o Isaías que a terra de que fala é terra que usa embarcações, que têm nome de sinos; e estas são pontualmente os maracatins dos Maranhões.

PADRE ANTÔNIO VIEIRA
História do futuro

ABERTURA
DO TANTO-FAZ

CONVERSA DE CANOEIRO

— Nestes mares, Mestre João?
    — Sim, cá e code.
— Por amor de quê?
    — Para sofrer menos.
— Sofrer de menos ou sofrer de mais?
    — Tanto faz.
— Andando que rumos donde?
    — Caminhos do Norte.
— Do Norte ou da morte?
    — Tanto faz.
— Norte de quê?
    — Das águas, compadre.
— Das águas de mais ou das águas de menos?
    — Tanto faz.
— Águas ou éguas?
    — Tanto faz.
— Eta Maranhão grande aberto sem porteira...

(Homens do rio Pericumã)

BREJAL DOS GUAJAS

Brejal ai meu Brejal,
Brejal dos Guajajaras,
Morrer em ti, ai Deus,
Morrer em ti, ai Deus,
Tomara...
Valsa de Zé Binga

Em pace, em pace,
em rua, em rua,
Ai meu Deus, padecendo
sem culpa nenhuma!
Incelência
do Olho-d'Água Seco

Brejal, Brejal, terra querida,
Brejal, ai meu Brejal,
Motivo da minha vida,
Dizer adeus a ti, ai Deus,
Não digo tal...
Valsa de Zé do Bule

CAMINHO do Brejal era longe. Longe demais para ser contado em dias ou léguas. A distância dependia da época das viagens: se era no inverno, invernão de pingo grosso, seis meses de água por todos os lados, não tinham fim. De trem até longe, de longe em canoa subindo o rio Itapicuru até a Laje Amarela, e de lá a cavalo até a ponta da rua ou mais, se era amigo, e, se não era, da ponta da rua a pé até a hospedaria do Mercado, falando mansinho, olhando de lado e de frente até que se soubesse a que vinha e donde.

Ruas tinham duas: a da Matriz e a do Mercado. A cidade era menos mais que umas três quarentenas de casas. Nem telégrafo nem calçadas, nem calçamentos, nem prédios públicos, nem escolas. Aliás, escola tinha uma, de uma sala, construída recentemente; nela residia o sargento da força policial de dez praças.

Do antigo teso grande onde agora se localizava a cidade só restava um pé de tamboril, copudo, verde, de folhagens abertas, em frente à casa da d. Rosa Menina. Na época da safra os moleques vinham e juntavam as favas chatas. Ali, antigamente, os veados deviam chegar para a comida nas noites de verão. Boa espera teria sido aquele tronco onde agora ficavam amarrados os animais e a rancharia. Na cidade todos se conheciam e o que se vendia eram os teréns de vestir e de comer, e um pouco de arroz, porque não era zona de arroz, mas de muito babaçu e farinha. Chamado dos Guajas porque ficava próximo à aldeia dos guajajaras, hoje longes, perdidos, mortos e domados.

— Oi Rosa, Deus ajude, mulata dengosa... — dizia o cônego João, pároco há muitos anos, respeitado e estimado por uma banda da cidade, que lhe dava todas as virtudes, desde a de pai de família exemplar até a de milagroso pastor das almas.

— Amém — respondia Rosa Menina, na banca de café e arroz de toucinho, vendido na mão.

O padre João e Rosa talvez fossem as únicas pessoas que podiam falar ao mesmo tempo com o coronel Francelino Procópio dos Santos e com o coronel Manuel Guimarães dos Santos, primos carnais, morando em ruas diferentes, inimigos de vida e morte, ambos ricos, ambos poderosos, mas ambos da mesma corrente política invicta em todos os pleitos realizados desde a queda da ditadura. A oposição nunca conseguira um voto sequer. Ambos os coronéis e seus dependentes não sabiam o que era essa palavra.

É bem verdade que um e outro guardavam profundas mágoas do governo, pois, conforme as influências e os candidatos a apoiar, as posições locais ficavam alternadamente numa ou noutra mão.

O clima na cidade esse ano estava bom. A proximidade do pleito marcava momentos de apreensão para os chefes. Ambos trouxeram de São Luís a nova orientação e os dois a ouviram vigorosa:

— Quem ganhar as eleições será o dono de todas as posições municipais e o chefe do partido. É impossível manter essa disputa do Brejal...

O coronel Francelino Procópio dos Santos, *Javali* de apelido, ficara irritado com essa decisão. Decisão ingrata para ele, há anos servidor da causa, que levara ao Brejal, para padrinho do seu filho mais velho, o senador Clemente Guerra, a quem em todas as lutas acompanhara com cartas de solidariedade. Ter agora de mostrar prestígio, ele que demonstrara prestígio em todos os anos? Mas é que o adversário, o coronel Manuel Guimarães, conhecido como *Né Guiné*, sabendo que o filho do senador presidente do partido era candidato a deputado estadual, dera o golpe antecipado. Passara um telegrama aderindo a essa candidatura e nesse apoio, justiça era confessar, passara à frente do Chico Javali.

O senador Guerra montara a sua política na realidade das ambições locais. Conhecia como a palma da mão todos os meandros da luta municipal, suas pequenas ambições e suas grandes batalhas. Naquele dia, a sua figura de chefe astuto brilhava, no exercício de uma função que sempre fora do seu agrado: o jogo das ameaças. Os olhos espantados e abertos e aquele charuto apertado no canto da boca compunham o conjunto do corpo grande a sacudir violentamente a perna e a torcer os dedos.

— O nosso partido, compadre, foi feito para servir os amigos. A lei é dura para quem é mole. O governo não conhece decreto quando o interesse do amigo está em jogo, e inimigo aqui não tem bandeira...

O coronel Francelino Procópio dos Santos bem compreendia o significado daquelas palavras. Era assegurar a nomeação dos cobradores de impostos taxando o Né Guiné, os soldados prendendo os agregados e a tranqüilidade para não pagar nenhum tributo, o que era da tradição do partido. Por outro lado, nas palavras do senador Guerra, estava aquela ameaça velada afrontando os perigos da oposição a que estaria sujeito, se o Né Guiné ganhasse o pleito.

Francelino ouvira silencioso a voz de comando. Estava impassível naquela sala da Estrela do palácio dos Leões, onde tantas vezes fora recebido. Pela janela, a viração da baía de São Marcos batia nos cabelos do compadre e amigo. Realmente o Né Guiné tinha conseguido um tento. Levara o senador Clemente para uma posição em que ele não gostava que estivesse. Afinal de contas, na imparcialidade da luta do Brejal, a parcialidade do senador sempre fora o trunfo. E não eram duas nem três vezes que telegrafara pedindo a sua interferência para manter amigos nas posições políticas do Brejal. Ele era o prefeito do Brejal, tinha a maioria da Câmara Municipal, prova suficiente da sua supremacia. Por que testá-lo num pleito novo, quando de direito já devia ter o comando absoluto do Brejal dos Guajas? É bem verdade que o Né Guiné elegera o vice-prefeito e quatro vereadores, tivera uma grande votação, e perdera a eleição apenas por três dúzias de votos.

O coronel Javali não comparecia aos Leões senão de terno escuro, jaquetão de oito botões, sapatos de abotoaduras cruzadas, fechados no lado, aquele pincenê que o acompanhava nos momentos solenes. O cavanhaque era uma re-

miniscência histórica. No estado todo sobreviviam uns três, e o dele era dos mais célebres (*"Aquele cavanhaque é só safadeza"* — *"Quando vai mentir, coça logo a barbicha"* — *"Cavanhaque não dá vergonha a ninguém"* — eram frases velhas dos adversários). Javali, entretanto, tinha o cavanhaque; e era um cavanhaque solene. Nas conversas políticas, representava a própria tradição. Falava devagar, usando sempre *vossa mercê*, e a voz era escorregadia. Um dia, pediram ao coronel Né Guiné uma definição para o adversário:
— *Aquilo é como semente de linhaça: escorrega que não há dedo que segure...*

Já seu primo e adversário, o Né Guiné de apelido, nascido Manuel Guiné dos Santos, tinha a voz mais forte. De manobras mais claras, gabava-se dos músculos, de vigor para toda obra. Calvo, sempre com um fungado longo, pigarreava a miúdo. Das letras, nada ou pouco sabia, mas nas contas gozava de boa cabeça. Sua roupa de viagem à capital era sempre aquele terno branco de linho inglês, gomado até as costuras e mostrando nos tons amarelados os longos meses de baú. Usava o "meu senhor" sem muitos rebuços.

Quando o cônego João interpelou o coronel Francelino para que reconhecesse qualidades no opositor, conseguiu apenas uma frase:

— *Aquilo é como estopa: não tem avesso nem direito...*

Francelino Procópio dos Santos era homem de muitas posses, casa sortida, de dez portadas, calçada alta, secos, molhados, fazendas de gado e de terra. Tinha muitos filhos. Alguns já homens, alguns casados, outros estudando, um genro na loja, mas a sua paixão, a paixão de sua vida sempre fora a política. Afinal de contas, herdaram do avô, ele e primo Né, por pais diferentes, o eleitorado e os bens.

O Brejal era outrora uma dormida das boiadas que desciam de Goiás em demanda da feira das Pombinhas. O velho Santos, seu avô boiadeiro, ali descansava quando vinha do sertão alto, e nos campos e pastos do Brejal passava dias. No Brejal o velho conseguira casar, já maduro, coisa que nunca o deixaram fazer antes a profissão e a mulherenguice.

Contavam que o velho Santos parava sempre no Brejal por causa da dona Mariquita, viúva que tinha três filhas, uma pousada, e vivia das roças e das vendas. As filhas com o jeito da velha: morenas de cabelos claros e olhos compridos. A mais nova era a Biloca, de uns dezesseis anos.

O velho Santos trazia sempre um vestido para Biloca, agradava a Biloca, e com ela tinha dengues que não tinha com ninguém.

O Brejal nos meses de julho a agosto era muito frio. Pelas nascentes, juçarais e buritis. O velho Santos, uma noite, dormia na casa de d. Mariquita. O frio era demais, ele no quarto de fora não resistiu e gritou para a dona da casa, pelas paredes de palha:

— Dona Mariquita, ô dona Mariquita?
— O que é, seu Santos?
— Dona Mariquitazinha, 'tá fazendo um frio danado... Mande a Biloca deitar mais eu, que eu sou um velho respeitador... 'tá fazendo um frio danado...
— Vai Biloca. Vai deitar mais o capitão. Mas olha lá: costa com costa...

Dez meses depois, o velho Santos voltava à pousada do Brejal para batizar o pai de Javali, o primeiro a nascer da sua longa prole. Ainda hoje se via a casa de d. Mariquita, Maria do Nascimento, um sítio abandonado, onde o velho Santos dormia com as boiadas, e onde ficara para fazer a vila que depois seria o Brejal dos Guajas.

Brejal tranqüilo, ajuntados alguns homens e mulheres e meninos naquelas duas ruas, só eles e as estrelas, impassíveis diante do mundo.

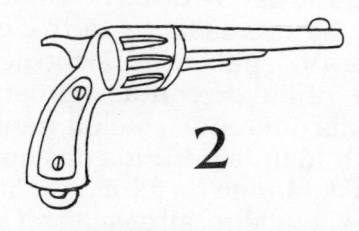

2

Brejal, ai meu Brejal,
Brejal dos Guajajaras,
Morrer em ti, ai Deus,
Morrer em ti, ai Deus,
Tomara...

O CLARINETE de Zé Binga quantas noites não tocava as cantigas da terra, noites de lua, dessas luas claras em que na luz da noite se enxerga o chão. E era embaixo do pé de tamboril, sob a copa grande e verde, daquele verde-claro do tamboril, com dois ou três, que a valsa grande começava a caminhar pelas ruas da Matriz e do Mercado.

O mundo do Brejal era só dele. Cada homem e mulher limitados pelos coronéis Guiné e Javali. De nada sabiam, e suas ambições iam e vinham entre as oferendas das promessas e das devoções até a luta sangrenta dos homens. Mas um dos orgulhos do lugar era sem dúvida o clarinete do Zé Binga. Uns o achavam insuportável e exaltavam mais as virtudes do saxofone de Quincas do Bule. É que também a música dividia o Brejal. Binga tocava pensando no coronel Né Guiné, seu padrinho, incentivador e patrono da banda, doador dos instrumentos novos, tendo à frente aquele bombo com dois pratos de mola firme, que ostentava bem no couro tinidor uma estrela de seis pontas, circundada pelas letras "Jazz Coração de Maria".

Fora na festa de Santa Rita, padroeira do lugar, que eles prepararam a surpresa. O coronel Né tramara tudo em segredo. Como noitante do primeiro dia da novena, queria que esse dia fosse o de maior glória para a santa. Às sete e meia da noite, no coreto do lado da igreja, estava o "Jazz Coração de Maria" com seus integrantes vestidos de mescla azul, perfilados, comandados por Binga, e toda a cidade, ouvindo as últimas partes trazidas de São Luís do Maranhão. Os olhos do Zé Binga brilhavam de satisfação. Como não estaria raivoso o Quincas do Bule! E o coronel Chico Javali! Quando o Zé Binga abriu a noite com a valsa (*Brejal, Brejal dos Guajajaras...*), Quincas do Bule não resistiu. Ouviu os primeiros acordes e encaminhou-se para a residência do compadre Javali.

— Não é por mim, coronel, mas é por causa do senhor...
— O Diabo é o tempo. A minha noite será daqui a sete dias. Como iremos aprontar tudo! Podemos fracassar...

A dona Matildes não resistiu. Diziam que a grande diferença entre o Javali e o Né era a esposa. Enquanto o Né não ouvia nada do que dizia dona Gertrudes, autoritário, ríspido, o Javali era todo docilidade.

— Eu não acredito em homem governado por saia... — teria dito um dia dona Gertrudes Guiné.

Na realidade, dona Matildes era a alma e as vitórias do Javali.

— Joaquim, arrume as malas, siga viagem de madrugada e vá comprar os instrumentos — não titubeou d. Matildes.

Javali ouviu e aprovou. As fardas também seriam providenciadas no dia seguinte: paletó branco, calça azul e gravata vermelha.

— Não podemos ficar por baixo. A nossa banda sempre foi a melhor. Não há no Maranhão um saxofone que possa superar o compadre Joaquim.

D. Matildes não chamava Quincas, nem do Bule, era Joaquim, só Joaquim. Recusava sempre o apelido que ele tinha desde menino.

A pressa fora grande. Tudo em sigilo, tudo em silêncio. A verdade é que, no dia da novena do coronel Javali, às sete horas da noite, saía de sua casa a orquestra com o bombo novo também pintado, uma estrela de cinco pontas circundada pelas letras "Jazz Coração de Jesus". Quincas do Bule estava feliz. Mário de Quirina com seu banjo novo não continha um sorriso permanente, e às sete e meia, no coreto da igreja, em honra da santa Rita, o Jazz do Bule iniciava com sua abertura.

> Brejal, Brejal, terra querida...
> Brejal, ai meu Brejal,
> Motivo da minha vida.
> Dizer adeus, a ti, ai Deus, não digo tal...

Era a grande luta da cidade, em todas as esquinas e em todas as coisas.

3

Nem sempre as lutas eram só valsas. O Brejal tivera dias de violência, cheirando tudo a sangue, mas foram episódios raros. A sua tradição maior não era o banditismo.

— Nossa corrutela é pequena, mas é civilizada — dizia sempre o cônego João.

A cidade era de uma palidez incomparável. Perdida, longe de tudo, a sua fama principal tinha raízes nos golpes de esperteza. Havia mesmo um provérbio que corria pelos auditórios das comarcas.

— Vale tanto quanto certidão do Brejal...

Tipo simpático, Zebedeu da Silva era notário de nascença. Tinha uma cara de edital ou de reconhecimento de firma. Magro e maneiroso, lépido e servil, a todos agradava. Era o homem dos segredos. Chegou a ter um reservado especial para cochicho. Amigo incondicional do Javali, todas as manhas que surgiam tinham autor conhecido. Diziam que gostava muito de dinheiro, e com uma filosofia própria.

— O escrivão é uma flor delicada. Precisa de ser molhada, senão murcha e morre...

Qualquer documento Zebedeu fazia, com todas as formalidades legais. Era perito em eleição. Quantas não fizera, quantas não esperava fazer?! Afilhado de d. Matildes, todas as manhãs vindo do mercado, ia receber a bênção.

4

Não sabia por que cargas-d'água lembrara-se, ali, na sala da Estrela do palácio dos Leões, o coronel Javali, coçando o cavanhaque, das artes do compadre Zebedeu.

— Senador, a dificuldade é que eu tenho o delegado de polícia do Brejal e espero que seja mantido...

— Compadre, isso não pode ser. Soube também que o coronel Né Guiné tem o juiz de casamento e também não consentirei que fique no cargo. A ordem é uma eleição imparcial, quem tiver força que tenha.

Francelino Javali firmou-se na cadeira. O compadre Clemente Guerra estava diferente, com os ouvidos emprenhados. Quis fazer uma reclamação mais ríspida. Vacilou, lembrou-se das artes do Zebedeu e silenciou. Na verdade, o desejo do senador era maior número de votos para o filho e salvaguardar a votação do coronel Né Guiné.

— Compadre, com o governo imparcial a vantagem é sua. Você não tem o prefeito e a maioria da Câmara? Então? Delegado imparcial é coisa boa para sua política. Mande a prefeitura apertar, e nos dê a liberdade para receber a votação do Guiné.

— É, compadre, não tendo jeito, é assim mesmo. Política dá muito desgosto à gente.

— É, compadre. Dá mesmo.

— É, dá.

— Dá.

— Dá.

— As ordens, compadre, eu já transmiti ao governador. Demissão de todas as autoridades do Brejal para serem preenchidos os claros só depois da eleição. O delegado de polícia será um sargento daqui, com instruções para manter-se neutro, assegurando a ordem...

— Mas, compadre, meu afilhado Zebedeu da Silva do cartório é vitalício...

— E o do outro cartório?

— Também.

— É seu amigo?

— Não. É do seu Né.

— Então ficam os dois ou demito os dois...

— Compadre, os homens são vitalícios...

— Ora, compadre, governo é governo. Depois da eleição, eles que discutam o direito. Até lá, ficarão demitidos...

— É melhor ficarem os dois.

— Então ficam.

Francelino estava sentindo o cerco. O compadre Zebedeu seguro. Como poderia fazer uma eleição com o compadre Zebedeu da Silva fora do cartório? E o senador continuava firme:

— Compadre Francelino, já acertei tudo com o governador. Para o Brejal irão chapas diferentes. As suas serão as maiores e terão a legenda do partido. As que mandar para o coronel Né Guiné serão as menores e não conterão a legenda. Fácil de identificação. Deixe por minha conta.

O coronel Francelino Javali concordou:
— É do jeito que o senhor quiser, senador.

Este, então, rematou:
— Assim, eu tenho certeza que posso dar ao senhor a oportunidade de mostrar prestígio. Tomei essa atitude para de uma vez por todas lhe fazer chefe do Brejal e acabar com essas investidas. Fique certo que é para seu bem. Se você estivesse fraco eu não faria isto de maneira nenhuma...
— Obrigado, compadre.

O cavanhaque de Javali, pela primeira vez naquela conversa, era ajeitado com a mão esquerda e um sorriso leve lhe vinha aos lábios.
— Conto com sua ajuda, compadre.
— E eu com a sua, meu amigo.

Desceu as escadarias do palácio com tristeza. As últimas palavras do senador Clemente Guerra foram afetuosas, mas, como sempre, ficavam fora da área dos interesses políticos.

Francelino saiu na convicção de que a luta ia ser tremenda. Essas demissões assanhariam os adversários. No fundo, a repercussão era contra, pois a maioria era sua. Precisava tomar algumas providências e dentre elas uma, conselho do compadre Zebedeu da Silva, era formidável. Comprar um jipe. Seria um tiro de morte nos adversários. Nunca naquelas bandas andara carro de qualquer tipo. O jipe iria. Para isso, mandaria ajeitar as estradas que serviam aos carros de bois e abrir outras. No período do verão passaria bem e no inverno ficaria dentro da vila ou na porta da casa. Era um golpe violento no outro lado. Iria também verificar o alto-falante. Com essas providências, talvez as coisas melhorassem. Foi à praia Grande tratar do assunto. Ficou acertado que daí a trinta dias poderia vir receber o veículo. Fez exigência da cor e mandou que pintassem no ferro do pára-choques: "Casa Boa Esperança — de Francelino Santos — Brejal." A amplificadora levaria logo, no outro dia.

5

No Brejal, as notícias eram as mais desencontradas. Uns diziam que o coronel Né conseguira todas as posições, outros que o Chico Javali vinha com novas ordens, pois o senador Clemente Guerra lhe dera mão forte. A verdade é que os dois lados estavam apreensivos e assanhados.

No dia do regresso do coronel Francelino a casa encheu. Todos queriam saber as notícias. D. Matildes tinha a cara carregada. Não gostava das novas. Francelino marcou uma reunião do partido para as oito da noite.

— Meus amigos. Estou mais prestigiado do que nunca. Para de uma vez por todas acabar com esses meximentos aqui eu pedi ao meu compadre senador Guerra que retire as autoridades todas, deixe o campo limpo, que eu não preciso de autoridades para ganhar eleição. Exigi apenas que o delegado seja um sargento honesto de minha confiança. O compadre concordou, mandando um abraço para todos os nossos companheiros.

— Compadre, mas não seria melhor a gente ficar com o nosso amigo Zé da Noca, na delegacia?...

— Não. É melhor o sargento. Ele vai ver e dizer lá no Maranhão quem é que manda no Brejal.

Fez uma pausa longa. Olhou para todos. Viu que suas palavras foram friamente recebidas. A surpresa estava reservada para o final:

— Meus amigos, agora desejo comunicar um progresso que eu faço mais uma vez para o Brejal, para melhoramentos da nossa vila e da nossa educação. Vai chegar à nossa terra o primeiro jipe desta redondeza.

— Quando chega, compadre?

— Daqui a trinta dias.

— E tem mais?

— Tem mais. Sábado será inaugurada aqui na loja a amplificadora "A Voz do Brejal", que trouxe para agradar os nossos habitantes...

As últimas palavras foram sufocadas pelo delírio dos presentes. Era demais um jipe e uma amplificadora. A cidade estava progredindo. Na rancharia do mercado, na casa da Rosa Menina, no dia seguinte, era o que se falava. Uns chamavam de jíparo, outros de jipa, mas todos sabiam que era um grande progresso. Os adversários ficaram abatidos e o Né Guiné resmungou:

— É, primo Chico recebeu a cota federal e já mordeu um jipe e uma amplificadora à custa da prefeitura. Mas nada disso adianta. O que é dele tá guardado. Só se a palavra do senador falhar...

Francelino Javali estava feliz com a repercussão do jipe e da amplificadora. Mas não era tudo, precisava baquear ainda mais o adversário. Dona Matildes deu a idéia.

— Chico, aquele Zezinho da venda do mercado diz que botou o nome num cachorro de *Javali* e só fala "passa, *Javali*", "passa, *Javali*". Tava bom do compadre Zé da Noca, antes de sair da delegacia, deixar que ele passe umas duas noites dormindo na cadeia. Meu afilhado Zé não me nega essa graça.

Zebedeu abriu um riso largo. O coronel Francelino, que estava calado, disse secamente:

— Vamos ver.

Era só o que Zebedeu esperava. Saiu direto para casa do delegado. Tinha o plano na cabeça.

— Compadre Zé. O patife do Zezinho do açougue está assanhado com essa história de mudança de delegado e começou a desmoralizar todo o mundo. Calcule que ele disse que o senhor não tinha vergonha, que era gatuno de carceragem e, para mostrar que não tinha medo de nada, botou o nome no cachorro que come bofe de *Javali*, e haja a chamar *Javali* pra cá, *Javali* pra lá...

— Compadre Zebedeu, aqui se respeita. Se seu Chico mandar nós dá uma queda nele é hoje mesmo...

— Não precisa, compadre. Pode ser amanhã.

— Como?

21

— O compadre manda intimá-lo porque está abatendo porco sem pagar imposto. Ele vai na delegacia. Quando chegar você mete o bicho na grade e deixe dormir uns dois dias para ver se é bom...
— E se o homem não for na intimação...
— Ele vai.
— Mas se não for?
— O azar é dele, não é, compadre Zé?...
Zebedeu sorriu com aquele sorriso de malária que não o deixava nunca. Antes, Zé da Noca achou por bem fazer mais uma pergunta:
— Compadre, e o Zezinho 'tá matando porco sem pagar talão?
— Ora, compadre, pergunta besta. Que não esteja, compadre, amigo é pra isso, onde não tem chifre a gente põe.
No dia seguinte, Diomedes, aquele guarda feio, intimava o Zezinho. Este foi direto à casa do Né Guiné.
— Seu Né, os brancos estão botando em mim. O delegado me mandou intimar para ir à delegacia às quatro horas. Eu não devo e por isso não temo, mas eu acho que eles querem é desmoralizar a gente por causa do *Javali*...
— O Chico? — perguntou o Né.
— Não, o meu cachorro.
— Que cachorro?
— O que eu batizei de *Javali*...
— Por que você fez isso, Zezinho?
— O senhor não sabe que a jumenta que bota água na casa do Zebedeu só é chamada de *Né Guiné*?...
— Não me diga, Zezinho.
— Pois é... Quando ela vem da fonte o moleque mete a chibata gritando "Passa daí, *Né Guiné*", "Pra lá, *Né Guiné*". É pau pra lá, pau pra cá...
— Não deve ser por essa causa a intimação. Eles querem é me desmoralizar prendendo um amigo como você. Lá não se apresente. Eu vou para São Luís depois de amanhã. É o tempo de chegar o delegado novo. Se a coisa apertar, venha para cá que ninguém lhe aperta.
Às quatro, todos esperavam na delegacia. Zebedeu não saía da porta e o coronel Chico estava ansioso para saber das notícias. O certo é que em vez do Zezinho apareceu o

irmão, para dizer que ele não podia ir porque tinha uma viagem marcada.

Quando ouviu o recado, Zé da Noca mandou o Diomedes perguntar ao Zebedeu o que devia fazer. O guarda não demorou a voltar. Trazia um papel escrito, com aquela letra de caderno de caligrafia, deitada e toda cheia de caracóis, "prenda o irmão no lugar do Zezinho"...

Zé da Noca não vacilou. Cumpriu as ordens.

— Seu irmão não veio para desmoralizar a Justiça. Pois bem, você fica no lugar dele.

— Mas eu não fiz nada.

— Conversa, rapaz...

— Fez não fez, é xadrez. Entra logo!

João Vinagre estava lívido. Viera trazer um recado do irmão e não sabia de nada. A noite começava a descer no Brejal. A notícia correu célere. De ponta a ponta, de lado a lado. Os olhos de Zebedeu estavam brilhando de felicidade. D. Matildes não ficara muito satisfeita. Preferia o Zezinho mesmo. Zebedeu tinha opinião contrária.

— Foi melhor assim, a desmoralização é maior. Quis nos dar um golpe, nós demos outro nele.

Javali com a casa cheia e Né Guiné também. No primeiro, todos alegres e certos do prestígio do chefe. O homem estava forte. Ninguém brincasse com ele. Olha o Zezinho e o mano João Vinagre. Na casa do Né, a conversa era outra.

— O homem está desesperado. Começou a fazer besteira. Amanhã chega o sargento, solta o João, e eles ficam desmoralizados. Eles queriam prender o Zezinho e não conseguiram.

Né dera as ordens. Zezinho fugisse logo, agora à noite, para Bamburral, distante quatro léguas, e lá esperasse a vinda do delegado novo. Ele, Né, adiantaria a viagem para o dia seguinte, a fim de relatar o acontecido.

— Compadre Né — falou Zacarias, seu amigo de longas datas, valente e firme —, vamos retirar o Vinagre da cadeia agora, no valer. Esses cabras saberão se é bom ou não meter homem de vergonha na chave.

— É melhor ter cuidado. O que eles querem é isso mesmo, para criar o caso.

— De qualquer maneira, vamos jogar como eles estão jogando.
— É melhor agüentar um pouco. Isso não vale nada.

Seria difícil conter os ânimos. Zacarias desejava armar uma expedição para ir à cadeia aquela noite. Guiné tinha absoluta confiança na palavra do senador Clemente. Ele sabia que o Chico Javali estava querendo dar uma demonstração de prestígio e intimidar os adversários. Não desejava ir ao ponto de assaltar a cadeia, mas achava que tinha que fazer uma represália para equilibrar a balança.

— Compadre, por falta de homem não fica o Vinagre preso — disse de novo o Zacarias.

— Vamos decidir com calma — atalhou o Né Guiné.

— Ninguém pode ter calma nessas horas. O sangue está aqui (mostrou o pescoço)...

— O meu, também.

— Então vamos. Quem vai mais eu?

Houve um silêncio, e dois ou três se apresentaram. Assaltariam a cadeia de madrugada. Prenderiam o carcereiro, soltariam o Vinagre.

6

Como tudo no Brejal, a conversa não teve sigilo. Dez minutos depois estava na casa do coronel Javali. Zebedeu anunciara:

— Um positivo de confiança acaba de avisar que o pessoal vai assaltar a cadeia.

— Isso só seria possível se aqui no nosso lado não tivesse homem — falou d. Matildes. — Não é, Francelino?

D. Matildes adorava o Brejal nessas horas. Francelino dos Santos passava então ao reboque. Ficava tímido, pensando, e a mulher mais autoritária do que nunca. Chamava os afilhados de confiança, dava as ordens baixinho e, quando o interlocutor oferecia reservas e vislumbrava algum medo, ela cortava:

— Meu filho, aqui no Brejal a nossa política precisa de gente firme e corajosa. Quem não puder com o pote não pegue na rodilha.

E concluía com os olhos firmes no marido:

— É água para navio. Canoa não anda.

Zebedeu não era homem para estas horas. Perdia a loquacidade, começava a ter vacilações e entregava o caso aos da área da violência.

Os dez homens foram logo recrutados entre a cabroeira de casa e dos amigos. Zé da Noca, delegado acostumado nessas pelejas, chefiaria o grupo. Todos armados de rifles papo-amarelo, 44, do arsenal do Javali, chefe do partido, e ninguém pode ser chefe de partido sem ter duzentos afilhados e dez rifles bons e um ou dois mosquetões. Rumaram todos para a delegacia e lá tomaram posição, três na frente, três atrás e os outros rondando. A ordem era romper fogo quando o grupo se aproximasse. A lua estava no fim do minguante, nascendo de madrugada, lua murcha sem brilhos, a ajudar na escuridão o movimento da cabroeira.

Na casa do Né Guiné os preparativos continuavam. Zacarias não desejava muita gente.

— Eu e mais quatro fazemos o serviço...

Guiné, entretanto, não estava querendo muito esse ataque. Ele sabia que poderia não dar certo e essa atitude fazia o jogo do primo Chico. Foi quando chegou um positivo pálido e apressado.

— Compadre, eu ia passando na esquina de longe da casa do coronel Javali quando vi saírem de lá uns vinte homens, todos de rifle na mão, eu acho que tão vindo pra cá...

— O primo Chico ficou doido — retrucou Né.

— Eu não disse — falou Zacarias.

— Fechem a porta e as janelas. Vamos buscar armas para defender minha casa.

Zacarias correu no quarto contíguo à loja e, ágil, tirou os rifles de dentro dos sacos de cânhamo. Abriu as caixas de bala 44 e deu ordem de municiar.

Dona Gertrudes estava lívida e seus lábios foram se movendo lenta e piedosamente. Começou a rezar a oração da santa Rita, pedindo para aplacar os homens. As janelas foram fechadas rapidamente. Na porta ficariam Zacarias e Tomás. Eram bons atiradores e tinham tradição. Começaram a fazer conjeturas. Por onde viriam? Era uma loucura do coronel Chico Javali fazer aquilo. O informante foi inquirido de novo.

— Você viu os homens armados saindo?

— Vi, meu padrinho. Eram mais de vinte...

Os planos de assalto à cadeia ficaram superados. Com aquela ameaça ninguém podia arredar os pés da casa do coronel Né Guiné. E ali esperavam a hora do combate, atentos a tudo, os espiões futriqueiros levando e trazendo novas.

— Estão bem perto, ali na esquina — anunciou Zacarias depois de ouvir as informações de uma mulher que passava do outro lado da rua.

— Vamos nos preparar. A hora 'tá chegando...

Né Guiné só fazia ranger os dentes:

— Patife, patife...

D. Gertrudes aumentava as orações com mais fervor, mais medo e também mais esperança. Ela tinha uma fé inabalável em santa Rita. Na casa do Javali o clima não era outro. A notícia que chegara era de que o Né Guiné, sabendo a cadeia cheia de capangas, iria atacar primeiro a casa do coronel Francelino. Os parentes todos eram chamados e, da milícia que saíra para defender a cadeia, voltaram uns três de maior confiança para defender o chefe. D. Matildes é que esperava mais excitada. Ia e vinha no corredor grande, da varanda à cozinha, dando para o pátio onde ficavam as almisqueiras:

— Meninos, não deixem os cabras encostarem. Quero tirar meus amigos da cadeia, não desejo visitar cova de ninguém...

Nessa ansiedade a noite foi passando. Todo o Brejal acordado, os ouvidos preparados para ouvir a metralha. Ninguém conseguia fechar os olhos. Café a toda hora e aos homens que tinham as armas de vez em quando serviam um gole da tiquira boa, azulada, vinda do Munim.

Eram três horas da manhã quando Zacarias vislumbrou um vulto grande, bufando e caminhando no canto da usina de descaroçar algodão. Ficou apreensivo e em seguida relaxou a atenção. Era um animal pastando mansamente na madrugada. Para ser mais preciso: era a jumenta do Zebedeu, a que carregava água da cacimba para casa. A jumenta que era chamada de Né Guiné. Zacarias teve uma idéia e foi direto ao coronel.

— Coronel, a jumenta do Zebedeu tá pastando lá no canto de cima, perto da usina.

— A jumenta que o sem-vergonha do Zebedeu chama de Né Guiné?

— Sim, senhor.

— E daí?

— Eu tava com vontade de dar um ensino para amaciar o dono.

— Fazer o quê?

— Meter uma bala na cabeça dela...

Guiné sentiu um rasgo de vitória. As orações de d. Gertrudes estavam surtindo efeito. Fora Deus que mandara a jumenta àquela hora. Matar não, sua idéia era melhor.

— Compadre Zacarias, vamos torar o rabo da jumenta bem no pé e botar na porta do Zebedeu...

Zacarias não esperou muito. Saiu com Mário levando uma corda. A jumenta era mansa e não houve trabalho em passar o cabresto e trazê-la para o chão-vazio de detrás da usina. Zacarias puxou a faca cearense de lâmina bem afiada. Precisava de mais outra corda para pear a bicha. Mário foi buscar. Amarraram bem as patas traseiras e Zacarias foi firme no golpe. O talho não fora muito feliz, pois não cortara de uma vez. A jumenta continuou pulando, mas o rabo já estava na mão de Zacarias, sangrando muito. Mário pediu a faca e para não ficar em grau de inferioridade cortou também a metade da orelha esquerda.

— Bom trabalho. Além de cotó, cabana — observou Zacarias.

— Mário, não é melhor nós ir logo levar esse rabo para casa do Zebedeu, que com a confusão deve estar deserta, todos na morada do coronel. Pode amanhecer mais e ficar ruim.

— Zacarias, você volta e leva a orelha para meu padrinho. É um presente. O rabo eu levo.

Mário encostou a parte que sangrava na areia. Soltou a jumenta que tremia do vazio à cabeça e tinha o pescoço ensangüentado. Em seguida tomou o rumo da casa do tabelião e como quem nada quer atirou na calçada a encomenda. Foi esquivo no caminho da volta pelo largo da Matriz até o reencontro com o padrinho Né Guiné, que esperava o resultado da missão.

— Fiz o trabalho, padrinho. Ninguém viu não, mas a jumenta 'tá feia que 'tá danada.

Foi uma gargalhada geral. Afinal, a noite tinha sido bem paga. Iria amanhecer um outro dia e, se Vinagre estava preso, a jumenta do Zebedeu estava cotó e cabana.

Nasceu um dia claro, azul, desses de nuvens brancas, bem brancas, enroladas nas pontas do céu. No mercado havia pouca gente. Todos sabiam dos acontecimentos da noite. Vinagre estava preso. Zezinho estava fugido no Bamburral, a casa do Chico ia ser atacada, a casa do Né também, a cadeia possivelmente arrombada. A luta só não houvera porque um positivo avisou a tempo o coronel Guiné e este, para não cair numa emboscada, recuara. E para aumentar tudo isso a jumenta do Zebedeu amanhecera cotó, com a orelha cortada e o rabo colocado no batente da casa do dono. Os pequenos comerciantes não abriram portas. Havia no ambiente um cheiro de luta. O boato corria de ponta a ponta e o leva-e-traz aumentava os ódios.

Quando Zebedeu comunicou a sua madrinha Matildes o que fora feito com seu animal, ia quase às lagrimas. D. Matildes também ficou revoltada.

— Que barbaridade! Essa gente é tão ordinária que não respeita nem os bichos! Compadre, a ordem é uma só, dente por olho, olho por dente.

— Que é que vou fazer?

— Vamos mandar matar o cachorro do Zezinho hoje mesmo.

— Mas eu, madrinha, que atiro mal...

— Nós todos, Zebedeu. Eles não toraram a sua jumenta, eles cortaram foi o rabo do Francelino. Você não está vendo...

— Vendo eu estava — aliviou Zebedeu, acovardado —, mas não queria dizer, para não fazer de minhas brigas brigas dos outros.

— E mais. Nós vamos botar esse rabo numa pá e atirar na casa da Gertrudes. Enquanto eu for viva, o Francelino não é desmoralizado.
— Isso é que é, madrinha. O povo tem fé na senhora.
— Mande essa jumenta embora daqui do Brejal logo. É uma vergonha o povo olhar o animal cotó e cabano, sabendo quem fez. Mande para o Angelim, que é a fazenda mais longe do Francelino, ou então mate a jumenta, o que é melhor...
— É melhor matar. Ela viva, a gente sempre lembra do caso...
— Manda levar e mata na estrada.
— E o rabo, madrinha?
— Chame os nossos homens e hoje à tarde mande atirar na casa da Gertrudes. Agora você meta seu 38 na cintura, vá mais o Miguel no mercado e dê caça ao cachorro do Zezinho. Onde encontrar, mate. O Miguel nunca errou um tiro.

Zebedeu saiu esquálido. Nunca desejara entrar numa luta para meter revólver no meio. Suas artes eram as artes de notário. Mas tinha de cumprir ordens. Rapidamente conversou com o coronel Javali, que como sempre não concordou, mas não protestou nem desfez. Saiu com o Miguel e foi direito ao mercado. Avisava a todo mundo que ia matar o cachorro do Zezinho, com a esperança de que alguém fosse na frente avisar. O cachorro do Zezinho era cachorro de mercado, desses que moram ali mesmo, lambiscando sangue, comendo sebo, brigando, apanhando, rosnando, mas de barriga cheia. Ele devia estar no mercado, e estava, embora Zezinho estivesse ausente. Rosa Menina foi quem ajudou a dar fuga ao animal. Antes de se chamar *Javali*, o cachorro do Zezinho era conhecido como *Mandi*. Cachorro viralata, magro e ossudo, andava com a cauda balançando e sempre a farejar. Tinha os olhos brilhantes, mas gostava de roubar panela. Algumas marcas de pau pelo lombo eram lembranças dessas qualidades. Rosa simpatizava com ele. Por isso arriscou, e de maneira e modos fez com que o cão estivesse a salvo na casa do Guiné quando chegou a embaixada do Zebedeu para o amarra-e-leva.

Este, logo que chegou, perguntou pelo animal. Todos avisaram que saiu há pouco com o empregado do Né. Zebedeu simulou um ódio violento, mas no fundo agradecia a fuga do cachorro. Miguel, ao seu lado, calmo e frio, apenas resmungou:

— Vamos buscar onde estiver.

— Miguel, vamos voltar, que ele tem que vir de qualquer maneira. Ou por bem ou por mal.

Saíram os dois homens do mercado para receber as novas ordens. Chegaram à casa do chefe e secamente d. Matildes observou:

— Você trabalhou mal, Zebedeu. Agora é preparar tudo e às cinco da tarde levar o rabo para dormir na casa de Gertrudes.

— Pois não, madrinha.

7

Às CINCO todas as casas estavam fechadas. Ninguém na rua, e perto da casa do coronel Né Guiné os moradores desocuparam as residências. Todos sabiam que o rabo da jumenta vinha e ia haver muita bala. A casa do Né estava repleta da capangada, e na casa do Javali continuava a chegar gente. Gente chamada para a luta e gente chegada para lutar. O Brejal ia sentir o cheiro de pólvora. O rabo da jumenta já estava numa pá grande, colocada em cima de um pouco de terra. A ordem era jogá-lo dentro da casa de d. Gertrudes. Só assim ficaria vingado o ultraje. Ninguém se lembrava mais do Vinagre preso na cadeia. A sua hora passara. Nem do Zezinho escondido no Bamburral.

Antes das cinco, a comitiva deixava a casa do Javali. Do comando central ia somente o Zebedeu, tremendo mais que vara verde. Miguel do lado. A pá carregada pelo Domingos, gente de confiança mas mau atirador. A ordem era não recuar. Passar na frente da casa do Né Guiné e atirar o rabo da jumenta na calçada. Uns queriam que fosse no corredor, mas finalmente ficou acertado que seria na calçada. Eram uns vinte homens, todos armados, todos municiados, todos dispostos a vingar a honra do coronel Chico Javali.

Rosa Menina, quando assistiu àquilo, resmungou:
— Os homens do Brejal estão ficando doidos.

E resolveu chamar o padre João. Ela e ele eram as duas únicas pessoas que falavam com os coronéis indistintamente, amigos de ambos.

— Padre, vamos salvar o Brejal, senão vai dar sangue na canela.
— 'Tá assim, comadre Rosa?
— 'Tá mesmo, reverendo, e a hora é já.

O padre saiu ao encontro da comitiva que descia a rua do Mercado. A coisa estava realmente grave. Os homens tomados e Zebedeu pensando nas ordens de d. Matildes:
— É colocar o rabo da bicha na casa da Gertrudes.

O padre João mandou a comitiva parar. De onde estava já se podia ver a uns trezentos metros a casa do Né Guiné. Lá, Zacarias na porta, o 44 papo-amarelo deitado nos pés do batente. Lambia os beiços e dizia:
— É hoje que a porca torce o rabo e não sai sangue.

Padre João pediu a todos que o esperassem. Sabia que ia haver resistência. Iria falar com o coronel Né Guiné para deixar passar em sua porta a comitiva sem resistir e o rabo seria jogado no meio da rua. Com muito custo Zebedeu aceitou a fórmula. O padre foi ao coronel Né. Explicou os ânimos. A realidade é que eles estavam dispostos a atirar o rabo da jumenta dentro de sua casa. Eram numerosos, embriagados e apaixonados. O melhor para a paz do Brejal era deixá-los passar. Ele, padre, os acompanharia para evitar qualquer incidente, e assim o sangue não seria derramado.

— Jamais, reverendo, eles fazem isso. Prefiro morrer a me deixar desmoralizar. Aqui quem passa morre.
— Isso não adianta, compadre. E depois você joga sua vida por causa de um rabo de jumenta?
— Reverendo, o senhor sabe: é a luta, a luta nossa de tantos anos. Aqui não passa.

Dona Gertrudes lembrou:
— Seu Manuel, mande entregar a eles o cachorro do Zezinho; pode ser que assim eles se contentem.

E continuou rezando.

O padre João viu um clarão.

— Eu não tenho proposta nenhuma, Gertrudes. Não devolvo cachorro nem nada. Aqui não passa ninguém, isso eles podem ficar certos.

O padre se retirou. Na esquina longe estava a comitiva, indócil, esperando-o.

— O coronel Né Guiné disse que de nenhuma maneira deixará passar a comitiva na sua porta e está preparado. A casa cheia de homens e de armas. Se a comitiva passar daquele canto receberá bala. Zebedeu, olha cá, eu pensei que isso podia ser resolvido se o coronel Né entregasse a vocês o cachorro do Zezinho que está lá.

— Nós não voltaremos com esta cauda de jeito nenhum.

— Tá certo. Vocês a deixam aí, com pá e tudo. Fizeram o serviço. Eu levarei a cauda da jumenta. Será minha.

Zebedeu estava louco por um acordo. Os outros queriam briga. Todos com vontade de começar o parangolé logo. Zebedeu notário não fora feito para essas emoções.

O padre João voltou à casa do coronel Né Guiné.

— Seu coronel, acho que encontramos a solução: o senhor entrega o cachorro. Entrega-me e eu o levo. Eles deixam a cauda da jumenta onde estão. Eu fico com ela e assim se evita essa luta.

— O cachorro eu não entrego!

— Entrega — respondeu d. Gertrudes, que pela primeira vez dava uma ordem naquela casa.

Guiné baixou a cabeça:

— Tragam o bicho.

Javali vinha arrastado, amarrado pelo pescoço, pulando e gemendo violentamente. Eram seis horas no Brejal. A rua deserta. A porta da casa do Guiné estava meio aberta, dela saiu o padre João de batina suja, puxando o cachorro *Mandi*, depois chamado *Javali*, para entregá-lo aos partidários do Francelino. O cão, esperto, escorava, travava nas patas dianteiras e se enrolava nas pernas do pároco. Guiné fizera uma exigência, que não matassem o cachorro de pau e sim de outro modo qualquer. O padre se comprometeu. Ali estava.

Mandi tinha os olhos encompridados. Continuava grunhindo. O padre pouco a pouco o foi levando até que che-

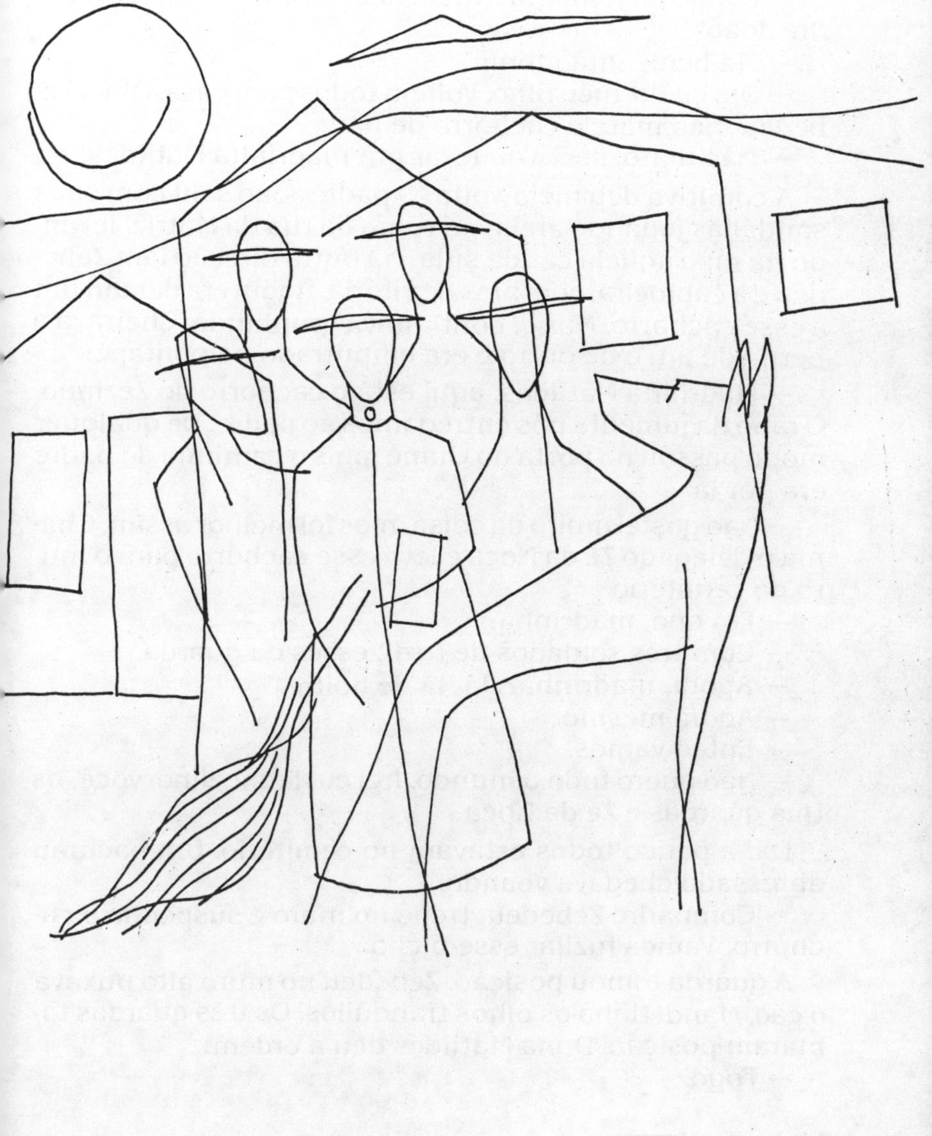

gou perto de Zebedeu e dos outros. Miguel arrancou o 38 da cintura. O padre gritou: "Aqui não." Miguel recolheu a arma e mordeu o lábio. Zebedeu estava feliz. Voltava com o cachorro, era a vitória. A madrinha Matildes ia ficar satisfeita. Dos males, o menor.

— E o rabo da jumenta, padre?
— O rabo da jumenta é meu. Recebo eu — retrucou o padre João.
— 'Tá bem, então tome.
— Obrigado, meu filho. Voltem todos para casa. Olhe, Zebedeu, não mate o cachorro de pau.
— Não mato, não. Vou levar pra madrinha Matildes.

A comitiva deu meia-volta. O padre João saiu com suas sandálias jogando areia, no rumo da rua da Matriz, levando na mão aquela cauda suja. Na outra direção iam Zebedeu e a cabroeira, com ares de vitória. Agora era dar um fim a esse cachorro. *Mandi* continuava grunhindo. Cheirava a perna de um e de outro e era empurrado no pontapé.

— Madrinha Matildes, aqui está o cachorro do Zezinho. O rabo da jumenta nós entregamos ao padre. De qualquer modo passou na porta do Guiné, pois o caminho do padre era por lá.
— Não gostei muito da coisa, mas foi melhor assim. Chama o delegado Zé da Noca e leva esse cachorro para o muro do cemitério.
— Pra quê, madrinha?
— Com três soldados de fuzil, esses da guarda.
— Agora, madrinha? Já 'tá de noite.
— Agora mesmo.
— Então vamos.
— Não quero todo o mundo. Irei eu, Francelino, você, os três guardas e Zé da Noca.

Daí a pouco todos estavam no cemitério. Um bacurau apressado chegava voando.

— Compadre Zebedeu, trepe no muro e suspenda o cachorro. Vamos fuzilar esse bicho.

A guarda tomou posição. Zebedeu no muro alto puxava o cão. *Mandi* tinha os olhos tranquilos. Os três guardas tomaram posição. Dona Matildes deu a ordem.

— Fogo.

8

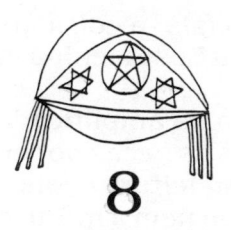

O PRIMO FRANCELINO JAVALI tinha cinco vereadores, mas um deles, o Manuel Pipira Preta, morador da Encruzilhada do Manuel, por causa dele mesmo, estava meio arredio. Uma má plantação colocara em dificuldade seu estoque e o chefe Javali não estava querendo soltar o crédito nem dinheiro para compra de gêneros. Enquanto Zacarias falava de violências, Guiné pensava no Manuel Pipira. Fazer maioria na Câmara talvez fosse bom. E poderia até cassar o mandato do prefeito antes da eleição. A idéia plantada, iria ver como deviam começar as coisas. Agora, era se preparar para enfrentar a inauguração da amplificadora, a chegada do jipe e explorar o caso *Mandi*.

Francelino Javali, por seu turno, estava eufórico. A morte do cachorro lavara seu peito, sem grandes lutas nem violências, mas de maneira decisiva. A queda das posições e a chegada do sargento não iriam agora dar maior prejuízo. Ele ainda era o homem forte do Brejal. Mas havia no ar, no rosto da população, uma desaprovação muito grande pelo fuzilamento do *Mandi*. No mercado, todos comentavam a coisa, bem baixo, de mansinho, para que ninguém levasse aos ouvidos dele, mas a verdade é que o povo do Brejal não gostou dessa atitude.

— Tudo foi a dona Matildes — falava seu Mano.
— Eu não separo o gato da cobra — retrucou Bernardino, um freguês, que chegara.
— Pelo coronel só, não teriam feito.
— Conversa. Aquilo tudo é combinação.
— Unha com carne.
— Mas o velho gosta é da manha, não é da sanha.
— Sanha nada, Bernardino. O coronel podendo fazer no mole não faz no duro. Todo mundo aqui sabe disso.
— Mas o *Mandi* 'tá falando com São Pedro.

— Gente pobre não fala, a coisa arrebenta na costa do mais mole — interferiu Rosa Menina, para dissolver a conversa, e arrematou:

— Amanhã é a festa da amplificadora do coronel. A bicha diz que toca todas as peças por ela mesma e fala alto.

— Vai ter festa na prefeitura e falação na porta.

— Mas não respeitam nem a morte do cachorro, faz dois dias.

— Rapaz, larga de besteira, acaba com essa história de cachorro. Isso é assunto do passado. Aqui se mata gente, que dirá bicho?

— É, mais direito não 'tá.

— Tu é que 'tá ficando chato, Bernardino — concluiu Rosa.

— Chato demais. Mais de chato — terminou seu Mano.

Na casa do coronel, o mastro da "Voz do Brejal" estava sendo erguido. Um de âmago de angelim, forte, possante, já cruzado de travessas que serviriam de escada para a colocação dos projetores e dos fios. Fora enterrado bem em frente da loja, com grande altura.

A vila estava excitada. Depois dos últimos sucessos, sua fisionomia era outra. Os homens sorriam, sorriso assim de quem está gozando a luta, a luta que dá vida à cidade, sempre triste e sem fatos. O mastro de angelim estava de pé, ereto, embandeirado, com bandeiras de papel de seda, de várias cores, preparadas pelas moças, cortadas pelas velhas, pregadas pelos meninos. Ao lado, também caiada de novo, com as portas vermelhas, a casa do coronel. Com aquelas letras bem grandes, malfeitas, mas positivas: Casa Boa Esperança de Francelino Procópio dos Santos...

E do lado de dentro, atrás do balcão corrido longo na extensão das oito portas, pintada na parede, a quadra do freguês:

Francelino dos Santos
E mais seu genro Edgar
Dois amigos da pobreza,
que não querem lhe explorar.

9

Às SETE HORAS, padre João benzeu a amplificadora. O motor a gasolina, guloso e pequeno, amarelo e zoadeiro, virou ao lado da loja. Acendeu a lâmpada. As palmas cortaram o salão da casa do Francelino. O Zé do Bule, mais ladino e esperto, estava no comando da locução:

"Esta é a Voz da Verdade, de Francelino dos Santos, a mais possante do Brejal"...

De novo outras palmas. Padre João disse algumas palavras: "Deus proteja esta 'rádio'. Que a faça para fazer o bem e sufocar os ódios. Santa Rita a ajude a progredir. Em nome do Pai..."

Francelino dos Santos coçou o cavanhaque. Seus olhos pequenos brilhavam, a mulher ao seu lado estava firme no seu rosto, como se quisesse comandar-lhe as palavras:

"Meus amigos, mais um melhoramento trago ao Brejal. Aqui está a amplificadora 'A Voz da Verdade' para agradar o povo. Conto com os meus amigos para as nossas batalhas futuras, com a vitória sempre e a derrota dos inimigos do povo do Brejal."

E, levantando o indicador, como fazia em todos os discursos, e às vezes o próprio discurso era só isso, gritou exaltado:

— Viva o Maranhão, o nosso partido e o Brejal!

Zé do Bule convidou os presentes a comparecerem ao baile da prefeitura que iria ser realizado como parte das solenidades de inauguração da "Voz da Verdade", e pela primeira vez, naquele sertão longínquo, o projetor de som lançava para a cidade do Brejal um baião daqueles que mexiam os homens, puxando a sanfona, zabumba e agogô.

Metade do Brejal ali estava. A metade que era do coronel Francelino Procópio dos Santos, porque a outra se retirou magoada. O caso *Mandi* ainda não saíra da garganta do velho Guiné. Os lados do Brejal também tinham sua banda nas moças e ali estava também na prefeitura a ala feminina. Todas de ruge nas faces, bem avermelhadas, com as cinturas apertadas, cheias de pó, com fitas e flores nos cabelos lambuzados pelos ingredientes mais estranhos, banhadas nas cacimbas, banhadas cedo, com água de balde, cheirosas, trescalando a fruta, com dentes de ouro, e aquelas mãos grossas do trabalho, do trabalho de quebra do babaçu, da mão de pilão, do cata-lenha, rijas, serenas, puras.

Do lado de fora, as bancas de café com bolos, bolinhos de araruta, petas, biscoitos de tapioca, arroz de toucinho vendido na mão e nas medidas de tostão em forma de funil, doces, suspiros, corações, caravelas, cocadas, mingau de milho e de arroz; e as bancas de bebidas, tiquira azulada, cachaça; e cigarros e charutos feitos ali mesmo; e mais arredias na distância de longe, as caipiras, caipiras dos dados, o bancador chamando:

        Este é o jogo da caipira
        Quem mais joga, menos tira.

E mais:

        A sorte é cega
        onde bate, aprega.

Todos com licença da polícia, o delegado cobrando o barato de cada um, e os homens de chapéu na mão, lançando os dados.

À parte as mesas dos refrescos, gengibirra, cuscuz e manuês.

No centro, a dança frenética. Do coco, do rojão, do xaxado, do baião, do pulado e, de longe, no descanso do sanfoneiro, a valsa lenta dançada pelos mais velhos. Agarrados pode, muito demais não.

Avançando quentes, cachaça subindo, desejos nascendo, ciúmes crescendo, amores aflorando, moças espocando para a vida, e o dançar firme do rodopiado lento, em curvas abertas, encostando nos pés dos assistentes, traçando as pernas e despertando os gigantes, desencadeando as forças que vêm de dentro: é baile na roça.

Noite alta, começa a gritaria. Já existem rusgas, provocações. As caboclas saindo para o fundo do quintal e mãos correndo nos corredores de saída. A alegria já diz mais. Os vivas começam aos que pagam a festa: Viva o coronel Javali, viva a dona Matildes, viva o Brejal. Há um empurrão violento, um silêncio. Um grito de autoridade:

— Pára. Todos entregar as armas para o delegado Zé da Noca. Aqui estamos para brincar. Nada de briga.

Começa a fila de entregar as facas. Facas pequenas, grandes, largas, estreitas, canivetes, ponteiros, navalhas, manoplas, todos obedecem para segurança comum. Os mais espertos correm para os quintais, guardam as armas nas árvores. Então, é a madrugada que começa. Começa com o céu estrelado, uma clareira aberta no infinito. É o lado que o povo tem na luta. Vão saindo os pares, acompanhados pelas velhotas que levam as moças em caminhadas de muitas paradas pelos caminhos. Mas todos constroem o amor não como homens e sim como animais de Deus, amor puro, violento, amor da madrugada do Brejal.

Francelino já dormia. O toque final há muito não o encontraria. Sono tranqüilo de quem tinha os planos bem andados. As artes do compadre Marcolino não o pegariam desprevenido. O primo Né Guiné que tomasse cuidado, porque a presença do delegado imparcial não adiantaria de muita coisa.

O coronel Né Guiné, por sua vez, chocado com o caso do cachorro *Mandi*, mas esperando as providências acertadas com o senador Guerra. A opinião pública estava visivelmente ao seu lado. E as demarches para trazer o vereador Pipira Preta seriam decididas nesse dia. Ainda nos últimos toques da festa do Javali, o coronel Né Guiné saía, montado em sua burra *Boneca*, boleada, gorda e marchadeira, para encontrar-se com o Manuel em sua casa na Encruzilhada do Manuel. Seis léguas, seis léguas boas, bem puxadas. Um positivo já fora em frente para avisar da ida, no que concordara o Pipira.

10

O CAMINHO da encruzilhada era limpo e, nessa época do ano, sem travessias. No inverno, a passagem era difícil porque o igarapé do Bamburral transbordava inundando a estrada na extensão de mais de um quilômetro, atoleiro danado, cavalo tropeçando aqui, caindo ali, lamaceiro pegajoso, na estrada de barreiras altas. Agora tudo estava seco e as raízes das barrigudas descobertas nas barrancas. Nas baixas era somente a torroada escalada em brechas arrebentadas pelo sol, guardando as marcas dos cascos de boi e vaca, cavalos e porcos, ressequidas, os últimos que pisaram no transporte do fim do inverno.

O coronel viajava bem montado. Espantando os carapanãs que voavam em nuvens acompanhando a marcha, marcha de dois miúdos da burrinha estimada. Atrás Zacarias, mascando sempre, no trote largo do chotão com a mão metida no cabeçote, de quando em vez roçando o cabo do 38 duplo, com uma cruz cortada, feita por mão de mestre, o curandeiro Agostinho que a benzeu: arma assim não falha e não erra.

Manuel Pipira estava terminando a ensacagem de dois lotes de babaçu quando a comitiva apontou na curva da estrada que vinha da Abelha. O sigilo fora mantido e ele a ninguém falara daquela anunciada visita. Exceto à mulher, que mandara cozinhar um capão gordo, bem ensopado, o arroz com folhas de louro e urucu para obsequiar o coronel Né Guiné.

— Prazer em recebê-lo, coronel. A nossa casa é pequena, mas fica grande quando chega gente da sua igualha — foram as palavras de Manuel ao desapear dos hóspedes, aquele sorriso simpático de negro de dentes longos.

O coronel não se fez de rogado e tentou, com alguma desconfiança, ser gentil:

— Bom dia, Manuel. Grande sou eu com a sua gentileza. Nós todos somos grandes na graça de Deus.

E acrescentou, meio nervoso:

— Aqui o meu compadre Zacarias.

Todos conheciam Zacarias. Manuel também: um dia trocaram olhares raivosos de adversários no varandão do mercado.

— Prazer, Zacarias.

— Prazer, seu Manuel. Com sua licença, estou me abancando.

— A casa é sua. Basta a companhia do coronel para ser gente boa.

A carona, os cochonilhos, os chicotes e as esporas foram postos nos pontais da parede. As cadeiras de pano e espreguiçadeiras, com as lonas lavadas, davam ao ambiente um ar de asseio. Na janela, uma paisagem de folhinha meio desbotada e ao alto um quadro do Coração de Jesus com dois jarros com folhas de papel. Né Guiné, depois de um banho na cacimba de baixo, descansado da viagem um tanto longa, os pés relavados com a saída das botas e o uso do chinelo de couro de veado macio e leve, começou a conversa com o Manuel. Manuel estava meio alertado. Perspicaz, sabia que o coronel não daria uma viagem daquelas a sua casa, com as reservas e segredos que teve, senão para tratar de assunto muito importante. Isto o incentivava intimamente. Há muitos anos seguia o coronel Javali, e ali naquele lugar sempre comandara a única urna, quase todos os eleitores alistados por ele, quase todos seus agregados e quase todos compadres, afilhados, parentes e amigos. Ali era sempre um reduto do coronel Javali. Na eleição para prefeito, a vitória fora total e definiu de logo as candidaturas. É bem verdade que sua situação comercial não era boa. A casa sem sortimento e o coronel Javali prendendo as mercadorias. A compra de coco estava mole. Tudo fora a aventura da boiada de Goiás, o atraso da entrega, a cheia do rio Balsas, o drama da baixa das Galinhas, mais a febre do encarregado da viagem e sua ida desastrosa em que também ia morrendo. Negócio ruim esse das boiadas de Goiás. Perdera quatrocentos contos e todo o mundo falou que estava quebrado e ia mudar-se. Javali passou a ser outro e os amigos estavam escondendo leite. Agora chegava o coronel, que nada tinha a cobrar. Era uma perspectiva de coisas melhores.

Comido e bebido, descansado, aproveitando a dormida da bóia, o coronel Guiné achou propício iniciar a conversa. Pipira estava ansioso e seus gestos não negavam.

— Seu Manuel, minha conversa é grande, mas é pouca — abriu o velho Guiné o silêncio.

— Pois sim. Vamos a ela.

— Venho tratar de política, como você deve saber. Estou ciente do desprezo que os seus amigos lhe estão dando na hora difícil dos seus negócios. Estou aqui para lhe propor um adjutório.

— Pois fale, seu coronel. O negócio só é bom quando é bom pros dois lados.

— Sim, eu também tenho interesse. Quero que você nos apóie na Câmara dos Vereadores. Com você, eu faço maioria e posso até botar fora o prefeito.

— Mas, seu coronel, há tanto tempo eu sou do coronel Francelino. Como vai ser isso?

— Mas ele não se lembrou disso e não está sendo seu, Manuel. Sei que você teve um prejuízo grande e que não está com a casa sortida. Eu lhe faço um sortimento de trezentos contos e lhe adianto cinqüenta para a compra de babaçu. E você, como meu amigo, não perde nada. Eu não deixo companheiro no meio da chapada. E tem mais...

Manuel Pipira, esperto, atalhou:

— Hoje, seu Né, trezentos contos de mercadoria não dá pra nada e, no preço do coco, cinqüenta contos só dá mesmo é pra gente não ficar parado.

— Isso depois nós acertamos. O que eu dizia é que vou ser o chefe político do Brejal, com todas as posições. Vou ganhar o pleito e o senador Clemente Guerra acertou comigo. Dar-lhe-ei dois empregos para amigos, inclusive...

— Que é *inclusive*, seu Né?

— Inclusive é dentro do negócio.

— Bem...

— Prosseguindo — continuou Né —, inclusive arrumo um lugar de professora aqui pra sua mulher.

— Mas ela nem sabe ler, como vai ensinar?

— Não vai ensinar, Manuel. Não precisa. Vai somente receber do emprego.

— Assim pode.

— Eu sei que você está precisando de um adjutório. O Francelino é assim. Na hora das dificuldades ninguém o encontra, só quer se aproveitar.

Manuel ficou calado. Nem sim, nem não. Na verdade tinha tantos desgostos e achava que o coronel Francelino não o tratara como esperava. E além de tudo havia o caso de sua sobrinha Maria Lucena, que o empregado do Francelino fizera mal e não queria reparar. Aquela conversa dura do Francelino e ao mesmo tempo mole:

("*Aperta o homem você mesmo, Pipira. Questão de moça se resolve é na conversa, fora daí é de outro modo. Eu não vou meter política nesse caso.*" "*Mas, coronel, aconselhe o Raimundo a reparar.*" "*Reparar não se aconselha. Ele diz que ela não era mais nada.*"). E a verdade é que a Maria Lucena ficara difamada e não podia mais dançar em baile de moça, sendo sua sobrinha. Se o Raimundo não fosse cria do coronel Javali, tinha feito um serviço com ele. Mas, sendo cria do coronel, nada mais restava senão deixar como estava.

Né Guiné desejava acertar as coisas naquele dia mesmo.

— Manuel, vamos acertar agora. Vou sair daqui com a sua adesão assinada. Só mostrarei, entretanto, quando for a hora da pancada na cabeça da cobra.

— Mas, seu coronel...

— Olha, Pipira, eu deixo logo aqui com você os cinqüenta bagarotes. Não quero recibo nem nada. Você pode ir começando a trabalhar. O aviamento pode ser mais de trezentos contos, depende de você e dos seus negócios.

Tirou os cinqüenta contos da carona. Dinheiro miúdo e volumoso. Cédulas sebentas, dessas de comprar e vender, gastas pelo uso como todo o dinheiro do Brejal. Manuel viu o pacote. Estava precisando daquela importância, aliviaria bastante. Mas ainda tinha algumas contas a acertar com o coronel Francelino, pagar um saldo e devolver uma partida de babaçu.

— É, seu Né, eu aceito a proposta, mas primeiro vou liquidar minhas contas com o Francelino Javali. Levo o dinheiro para pagar as dívidas e preciso de dinheiro para me movimentar.

— É no dia que quiser...

E o coronel pegou uma folha de papel almaço que já estava pronta e datilografada:

"Pelo presente, para todos os efeitos, venho tornar público que passei a figurar nas hostes gloriosas do coronel Manuel Guimarães, a quem dou o meu apoio, e dos meus amigos, para grandeza do Brejal, e em face de não poder mais seguir os que estão cometendo arbitrariedades que eu não concordo. Encruzilhada, em..." Só faltava a data e a assinatura.

— Seu Manuel, pode assinar e tome suas providências. Eu guardarei o documento.

— Olhe, seu Né, eu vou aderir ao senhor não é tanto pelo interesse, mas é que, pra lhe falar verdade, eu não acompanharei mais o coronel: não é pelo abandono que o senhor falou. É pelo caso da desconsideração da minha sobrinha.

— Que sobrinha? — perguntou Né, sem saber do que se tratava.

— A Maria Lucena.

— A Lucena é sua sobrinha?

— É, sim sinhô.

— Não me diga!

— Digo.

— Eu não sabia!

Né Guiné continuava sem saber nem quem era a Lucena. Mas, gravemente, lamentou, como se soubesse de tudo.

— Pois é, coronel. O Raimundo botou areia nos olhos dela e o seu Javali deu mão forte porque era empregado dele. Como eu posso acompanhar um homem que faz isso?

— Conte comigo e se quiser fazer um serviço no Raimundo, eu ajudo.

— Não precisa, não. O que é dele 'tá guardado.

No fundo o Manuel desconfiava que a Lucena não estivesse tão pura quando o Raimundo a visitou e, por isso, não fez grande celeuma. Agora, entretanto, entre os motivos, encaixaria bem. Manuel assinou o documento. Olhou para o coronel Né Guiné. Recebeu o dinheiro e marcaram um encontro daí a dois dias, no Brejal.

— Seu Manuel, você vai ver como eu sei ser amigo dos meus amigos. E lhe digo mais, se o senhor quiser dar nome a sua sobrinha Lucena, eu arrumo um afilhado das minhas propriedades para casar com ela, pois amigo meu não passa vergonha.
— Obrigado, seu coronel. Depois a gente fala nisso.
No fundo da varanda corredia, ao lado da loja, estava uma cabocla atirada, meio gorda, de estômago alto, papuda mas jogada, com os quadris largos e os olhos brilhantes: era a Lucena. Não sabia de nada, mas tinha ares de quem gosta de visitas. Zacarias não assistira à conversa com o Manuel Pipira, embora calculasse que se tratava de uma missão política. Conversava com a Lucena, assim, atravessado, mole.
Eram umas quatro horas da tarde. O sol esfriava e o caminho da boca da noite estava começando. Com a conversa concluída, Guiné mandou aprontar os cavalos. Uma comida breve para enfrentar a viagem e os apertos de mãos na saída.
— Manuel, muito obrigado por tudo. Estou à sua espera depois de amanhã.
— Tá certo, coronel. Boa viagem, seu Zacarias.
— Até outro dia para todos. Dona Lucena, boa noite.
O coronel virou a rédea no rumo da estrada. A burrinha iniciou a marcha macia. O trote do Zacarias acompanhou. Né Guiné estava satisfeito. Zacarias também, por outros motivos. Ganharam o caminho do mato e iniciaram a volta.
— Tudo bem, coronel?
— Tudo acertado, Zacarias. Vamos dar uma no primo Javali que ele vai sentir demais.
— Gostei do pessoal daí. Aquela cabocla Lucena é simpática e chegadora.
— Que é isso, Zacarias?
— Nem lhe digo...
— O quê?
— Famosa e no ponto.
— Olha que por causa dessa moça nós conseguimos tudo.
— Pois pra nós dois, que um pro outro não tem segredos...
Né Guiné travou a burra. Virou para o Zacarias e esperou a notícia:

— ... deixei o carimbo da fazenda.
— Como, compadre?
— No caminho do poço.

11

Há ALGUNS DIAS que a vida do Brejal estava em ponto morto. O sargento Ernestino de Oliveira chegara com as ordens novas de ocupar a delegacia. Trouxera um destacamento e dispensara o que há tanto tempo servia sob as ordens do Zé da Noca. O sargento era um tipo amarelão, desses que a febre pegou em criança e ficou no rosto para o resto da vida. Recebera ordens de ser imparcial, de não fazer política para nenhum lado e não atender pedido de ninguém. Manter a ordem e mais nada. Desde então, não acontecera nada de novo. A amplificadora tocava muito e de vez em quando pedia votos para os candidatos do coronel Francelino dos Santos.

Né Guiné não divulgara a adesão do vereador Manuel Pipira e estava deixando para fazê-lo na reunião da Câmara.

Há três dias que o coronel Francelino anunciava pela amplificadora que o jipe tinha saído de São Luís e devia chegar nesses dias. Como sempre, a Casa Boa Esperança já estava embandeirada e continuavam a ser feitos cordões multicores para enfeitar a rua.

Né Guiné não dava muita importância à chegada do jipe. A pé ou mesmo na burra *Boneca* achava que podia vencer as eleições. Ainda mais que o povo não esquecia o sacrifício de *Mandi*. Na véspera, tinha aparecido no mercado, pregado na porta do açougue, um pasquim falando sobre o prefeito que estava lançando mão da cota federal.

HISTÓRIA DE DONA COTA

Diz o povo todo
Deste Brejal malfadado
Que anda muito abusado
Com essa sua gestão.

No entanto a sua loja
Repleta está de fazendas,
Sedas, cambraias, rendas...
E na rua é um grande matagal
Que vive desafiando
A foice prefeitural.

E você no Gabinete
Exclama bem satisfeito
Como é bom se ser Prefeito...
Montado com boa bota
Casado com Dona Cota.

Por sua vez, um cego, de Francelino, com um berimbau, não deixava de agradecer as esmolas:

Deus lhe pague a santa esmola,
Deus lhe dê riqueza e fé;
Mas livrai vossa sacola
Da mão do seu Guiné.

E outras vezes invocava as graças da padroeira para ferir os adversários do Francelino. Com isso tinha bóia farta na casa de dona Matildes, mas não era a todo mundo que dizia a quadra, as mais das vezes na casa do próprio Francelino Javali, que sorria satisfeito.

Santa Rita protetora
Proteja se Deus quiser
E livre esse povo todo
Da garra do Né Guiné.

47

12

A BANCA DE ARROZ de toucinho da Rosa Maria estava cheia de fregueses quando passou um mensageiro do coronel Francelino com a notícia de que o jipe estava no palmeiral, esperando ordens para prosseguir viagem. Era a confirmação da festa do sábado com a chegada do primeiro veículo ao Brejal. Os avisos foram circulando. Pela madrugada, o genro de Francelino e Zebedeu iriam para vir dirigindo a comitiva. Na ponta da rua, o veículo seria recebido pelo alto comando do partido e saudado pelos meninos do colégio da prefeitura. Assim foi.

À tarde de sábado estava tudo pronto. À hora marcada, uma verdadeira romaria na espera do veículo.

Cor de jerimum, pintado como pedira Javali, com Zebedeu e o genro na frente. Vinha sem capota, porque não resistira aos galhos da estrada fechada. Vinha sem estribos, porque entortaram nas barrancas e tiveram de ser retirados trazendo nos riscos e machucões a dura caminhada.

A orquestra do Zé do Bule meteu um dobrado. As bandeiras foram erguidas e a professora gritou:

— Pára, *chofeúrr!*

O jipe parou:

— E tu, melhoramento do Brejal, graças ao coronel Francelino nós te vemos. Gigante de homem, que anda sem braços e pernas, na força dos motores.

Dona Esmeraldina estava emocionada. Ela também nunca vira um jipe e era uma maravilha. Andava sozinho, tinha olhos com luzes grandes.

Padre João benzeu o veículo. Toda a população estava ali para vê-lo. Os adversários também não resistiram à curiosidade. Tinha mais gente do que procissão de santa Rita. O coronel Javali entrou com dona Matildes e sentou-se no primeiro banco. Atrás ficaram Zé da Noca, padre João, o prefeito, Zebedeu e uma filha do Zebedeu. A orquestra abria caminho, meninos por todos os lados, velhos e moços, todos alegres. De vez em quando um grito entusiasmado:

— Viva o Brejal e o coronel Francelino!

— Viva!

A comitiva prosseguia devagar: as ruas do Brejal não haviam sido feitas para veículos motorizados. Tinham valetas longas provocadas pela erosão de todo o ano. Paus atravessados em diversos pontos e não poucas viçosas vassourinhas crescidas no descuido do zelo da prefeitura. Mas assim mesmo avançava, a alegria estampada em todos os rostos. O coronel Francelino era o grande chefe. Todos se esqueciam do episódio do cachorro. Todos queriam dar uma volta no jipe, todos desejavam tocá-lo, todos desejavam vê-lo. Foi preciso mesmo pôr dois guardas armados, vigiando, para manter a ordem. E a festa começou de novo, festa animada e grossa para comemorar a chegada do jipe. Francelino apenas disse aquelas mesmas palavras:

— O que digo cumpro. Aqui está o Brejal com um jipe. Viva o Maranhão e o partido!

13

NÉ GUINÉ sentira o impacto da chegada do jipe. Todos só falavam nisso. Até seus amigos mais chegados não tinham resistido a uma espiadela.

— Vou acabar com esta alegria.

A carta de Manuel Pipira estava guardada. Não era dos seus planos revelá-la naquele dia. Mas era necessário. Mandou chamar o Zé Binga umas sete horas da noite.

— Compadre, prepare a orquestra imediatamente. Traga todos cá para casa.

Zacarias ficou encarregado de comprar dez dúzias de foguetes e preparar a ronqueira para anunciar o fato. Queria tudo pronto às nove da noite. A casa foi arrumada às pressas. Portadores saíram convidando os amigos para uma reunião urgente na casa do coronel Né Guiné. Às nove, Binga iniciava a tocata em frente à casa. A ronqueira soltou o anúncio do tiro grande e os foguetões começaram a espocar. Ninguém sabia o que era, mas a música e o foguete chamavam o pessoal.

Guiné fingia uma alegria muito grande e pedia:

— Calma, é uma notícia muito boa. Daqui a pouco eu direi. Estou à espera de mais alguns amigos.

Lá pelas dez horas, Guiné anunciou, sob grande salva de palmas, a adesão do vereador Manuel Pipira a suas hostes e com isso estava assegurado o seu domínio sobre a política do Brejal. Não quis anunciar a derrubada do prefeito, mas insinuou grandes mudanças.

Na festa do Javali, quando os foguetes espocaram, houve um ar de interrogação. Todos desejavam saber o que estava acontecendo. O próprio sargento Ernestino, curioso, mandou saber do que se tratava. Veio a notícia e ele transmitiu ao Chico Javali:

— Coronel, o sr. Manuel Guimarães disse que está festejando a adesão de um vereador.

Javali já ouvira um rumor quanto ao Pipira, mas arriscou:

— Isso não é verdade, sargento. Isso é manha do primo Né para empanar minha festa.

— Eu não sei, pois não conheço a terra dos senhores.

Entrava em seguida Zebedeu, alarmado, fugindo à sua costumeira forma do cochicho e desabafou:

— Compadre, o miserável do Pipira nos traiu!

O coronel Francelino não se abalou com a notícia. Sabia que adesões e voltas eram cotidianas no Brejal. Tinha chance de falar ao Pipira e de jogar o jogo da disputa com o primo Né.

— O que Guiné está querendo é acabar com a alegria da nossa festa, Zebedeu. É capaz de ser tudo mentira. Amanhã nós vamos ver se é verdade ou não. Hoje, é só alegria. O nosso jipe chegou e o povo tem o direito de se divertir.

E virando-se para o Zé do Bule, mandou, incisivo:

— Compadre, toca um rojão puxado, bem puxado. E você, Zebedeu, manda distribuir uma rodada de meladinha para todos.

Zebedeu providenciou alguns foguetes e também começou a soltá-los, na porta da festa. Eram foguetes numa ponta da rua, em casa do Né Guiné, e foguete no outro lado, na casa do Francelino Javali. Do Bule e Binga procuravam cada qual o melhor. A noite crescia no Brejal, crescia para amanhecer num domingo de sol aberto e ruas tranqüilas.

> *Brejal, ai meu Brejal,*
> *Morrer em ti, ai Deus,*
> *Tomara...*

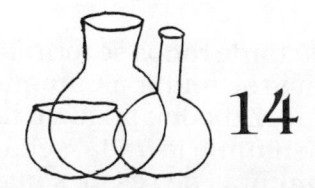

14

Os CINCO VEREADORES, tendo à frente Manuel Pipira, estavam reunidos em casa do Manuel Guiné e formalizavam a ata de cassação do mandato do prefeito.

Um advogado experimentado nesse assunto chegara de Assunção, município adiantado onde já houvera cassação de dois ou três mandatos. Trazia a cópia de todas as atas e a maneira de enquadrar o prefeito. A dificuldade encontrada era o livro da Câmara e seu arquivo em mão do presidente.

— Coronel Guiné, não temos o livro de Ata da Câmara, vamos fazer um novo. Eu fiz assim em Assunção e deu certo. Aqui não tem livro próprio mas nós utilizamos Caixa e Razão de sua loja.

— Pois não, doutor, eu tenho confiança no senhor — respondeu Guiné.

— Arrume uma moça de boa letra para lavrar as atas desde o princípio do ano, a Câmara funcionando sempre, para cumprir os prazos da lei. Da manhã para depois estará tudo pronto.

— E nós vamos nos reunir na prefeitura? — perguntou Pipira.

— Acho melhor não ir lá. Fazemos tudo como se tivéssemos ido, mas sem despertar o adversário.
— Mas todo o ano tem a instalação da Câmara.
— Este ano vai ser exceção — falou o doutor.
Pela primeira vez na vida do Brejal as orquestras não tocaram em frente à prefeitura. Todos sabiam que os vereadores do Né Guiné ali não iriam. Mesmo assim a Câmara foi aberta. Zebedeu, para cima e para baixo, arquitetava planos.

— Se eles não vierem nós vamos cassar o mandato do Pipira, e convocamos o suplente que é nosso. Com o suplente temos número e com o número elegeremos o presidente da Câmara.

Quando às seis horas da tarde todos se retiraram do prédio da prefeitura onde devia se reunir a Câmara, e ausentes os vereadores do Guiné, Zebedeu pegou o livro da Câmara que não tinha ata nenhuma lavrada, senão a do ano anterior, e começou a fazer atas de sessões que não houvera e em todas elas dizia: "Não compareceu o vereador Manuel"...

Enquanto o Guiné fazia as atas dando movimento ao processo do prefeito, Zebedeu fazia outras para cassar o mandato do adesista. Finalmente, a resolução decretando a perda do mandato do Manuel Pipira e a convocação do seu suplente, o Raimundo, afilhado do Javali, estava pronta.

No mercado, Zebedeu sempre dizia quando se falava no caso:

— O compadre Pipira Preta há muito tempo que não é mais vereador. Perdeu o mandato porque não freqüentou as sessões. — E em seguida dava aquela risadinha conhecida.

Todos já sabiam, por outro lado, que o mandato do prefeito fora cassado. Naquela manhã, os cinco vereadores estavam reunidos na casa do coronel Né Guiné para ir ao delegado de polícia pedir garantias. A papelada estava pronta. Atas, ofícios etc., para a posse do novo titular.

O sargento Ernestino, quando recebeu a comissão da Câmara, foi prudente:

— Vou pedir autorização ao chefe de polícia para cumprir essa decisão.

— Mas, seu sargento, nós resolvemos e somos maioria. Tem de ser cumprida a decisão da Câmara.

— Então vou chamar o prefeito para saber dele o que ele acha.

Daí a pouco chegavam na delegacia o prefeito e Zebedeu, ambos sem saber ao certo a razão do chamado e estranhando a presença daquela gente toda. O prefeito não dizia nada e nada sabia dizer; mas Zebedeu falava por ele:

— Sargento, isso é tudo ilegal. No dia que é dado para a lei da cassação, não houve sessão na Câmara. Mandato, só seis vereadores podem cassar. Isso é ilegal. Eu tenho provas.

— Sargento — cortou o doutor —, aqui não estamos para discutir a legalidade do ato da Câmara, o que só juiz pode fazer. O que queremos é cumprir a decisão da Câmara.

— O prefeito entrega a prefeitura? — perguntou o sargento Ernestino.

— Não, não entrega — retrucou Zebedeu.

— Então vai ter — falou Zacarias, que acompanhava a comissão da Câmara.

— O senhor, por obséquio, fique calado.

Houve aquele *hum, hum*, e Pipira pediu a Zacarias para ficar calado. O sargento prosseguiu:

— Eu não posso garantir a posse do novo prefeito sem autorização lá de cima.

O doutor não titubeou. Ali não tentava insistir:

— Trarei a ordem de cima, que o senhor está pedindo.

— E ainda mais, Pipira, você não é mais vereador — falou Zebedeu.

— Mas eu fui eleito e sou vereador.

— Era. O seu mandato foi cassado porque você não vem às reuniões da Câmara.

— Câmara aqui não se reúne nunca. Quando meu mandato foi cassado?

— No mês passado...

O sargento Ernestino cortou a conversa.

— A minha opinião é essa. Os senhores discutam lá fora.

Todos ficaram calados e foram se retirando devagar. O advogado deu voz de comando.

— Já que o prefeito não entrega a prefeitura, vamos

instalá-la em frente à casa do coronel Né Guiné até vir a ordem de São Luís. Vamos todos para lá.

A comitiva saiu apressada. A casa que estava fechada, em frente à loja do Guiné, recebeu a comitiva. O doutor previra tudo e tomou providências. Mandou providenciar uma placa grande com os dizeres "Prefeitura Municipal". Houve discursos e o vice-prefeito foi empossado perante a Câmara. A partir daquele dia, o Brejal tinha duas prefeituras e todas duas iam funcionar para seus respectivos adeptos.

15

A ELEIÇÃO estava à vista. Daí a quatro dias seria o grande prélio. Os ânimos estavam excitados. Distribuíram-se as chapas colecionadas por comissões de moças, juntando o deputado federal e o estadual com os vereadores, e os ensinadores no interior, percorrendo de casa em casa, para a marcação na cédula única.

Os palanques para os comícios de encerramento estavam armados e enfeitados com palmas de babaçu nos cantos, ariris enfileirados e a plataforma das girândolas. Cartazes dos candidatos pregados em todas as árvores e o vaivém das casas cheias, os chefes nas providências, dando auxílios, entregando vestidos, sapatos, remédios, dinheiro, passagens, fazendo promessas.

Javali mandara para a encruzilhada uma equipe de primeira ordem para enfrentar o Pipira. Por sua vez, conseguira pequenas adesões de cabos eleitorais em troca de dinheiro e aviamentos.

Ambos estavam profundamente desgostosos com o senador Guerra. Ambos escreveram reclamando contra o sargento Ernestino, acusando-o de fazer o jogo do outro. Ambos pediram providências, invocaram serviços e promessas. A ambos o senador calara. O sinal de vida que dera fora a circular que deve ter mandado a todos os seus correligionários, remetendo as cédulas do filho. Para Francelino, conforme prometera, as cédulas eram diferentes das do Manuel Guiné. Os cartazes também. Cartazes de Guiné eram azuis, cartazes de Javali eram vermelhos.

Festa, era toda hora e todo dia. Os afilhados tomando bênção e recebendo ordens. As intrigas circulando e os mexericos também.

— Seu Guiné, o Zebedeu tem uma urna para trocar a eleição da encruzilhada. 'Tá tudo pronto para bandalheira. Mário veio avisar.

— Aqui ninguém faz bandalheira desta vez. Nesta eleição, estou pior do que tralhoto: dois olhos para a frente e dois para trás.

A verdade é que todos estavam tramando coisas. Na residência do Javali chegavam notícias:

— O doutorzinho é uma peste. Está falando que o mandato de segurança do juiz está chegando aí, para colocar o nosso prefeito embaixo. E tem mais... — anunciou do Bule.

— Fiquem tranqüilos. Uma ilegalidade daquelas não tem juiz que dê jeito e nós vamos ver quem tem roupa na fonte — retrucou o coronel Javali.

Na rua, aquele ar de alegria, gente chegando, o povo sem saber o que estava acontecendo mas pronto para a festa da eleição, festa de luta e de lances. Os comícios foram tremendos. Insultos, anúncios de vitória e lembranças de casos passados.

— O crime contra o *Mandi* é um atestado da maldade dessa gente! Deus livrai o Brejal de corações tão rudes, de homens tão ruins e de mãos assassinas — estas foram as palavras do coronel Guiné, concitando o povo a votar nos seus candidatos, que eram os mesmos do Javali.

— O que essa gente tem feito pelo Brejal? Nada, nada. Só agitar e tumultuar. Criando prefeituras inexistentes e casos e mais casos. Aqui estão as minhas obras: amplificadora, jipe, benefícios para o povo e uma escola que está para acabar. Assim sou eu. O povo que julgue — encerrava por sua vez Javali a sua campanha.

16

Na BANCA da Rosa Menina, em frente ao pé de tamboril sempre verde, com favas caindo, viam-se agora montarias de todos os lados do município: do Galopreto, Cai-Cai, Vem-Vem, Pinto Morto, Sacará, Bamburral, Oiteiro, Juçaral do Meio e Juçaral de Dentro, chegando para tratar da eleição. As redes eram armadas nos depósitos vazios, barracões e corredores, as casas repletas de hóspedes. Já estavam sendo ultimadas as duas latadas com folhas de babaçu para servir a bóia da eleição. Panelas requisitadas, latas fervendo e a matalotagem providenciada. Os bois esquartejados entregues e divididos nas seções eleitorais.

E os trocadores de chapas a postos, percorrendo as casas, querendo ver as chapas distribuídas.

Lucena espera o casamento. O coronel Javali mandara oferecer a mão de Raimundo e dinheiro para o Pipira voltar.

— *Se o Raimundo já pode casar mandado pelo coronel, é prova de que não casou porque o coronel não quis* — foi o argumento do Pipira ao recusar a proposta.

Manuel Guiné ainda não arrumou o afilhado para dar nome à moça. Mas ele viria, porque sua palavra era palavra.

Zezinho falava mais do que nunca, Zebedeu também. Do Bule e Binga tocaram demais. Era baile aqui e festa ali. Os cavalos dos músicos já estavam cansados, magros, trôpegos. Era uma luta contínua para animar os eleitores, dar vivas aos candidatos. E os mais espertos vendendo votos de um lado e do outro.

— *São dez votos certos, coronel. Só desejo de vosmicê dois contos de réis na compra de uma besta e uns arreios para fazer uma viagem ao Chiqueirão.*

— *Seu coronel, são três votos certos. A minha mulher manda pedir ao sinhô uma muda de roupa e um par de sapatos. Eu não quero nada não, só uma calça para votar.*

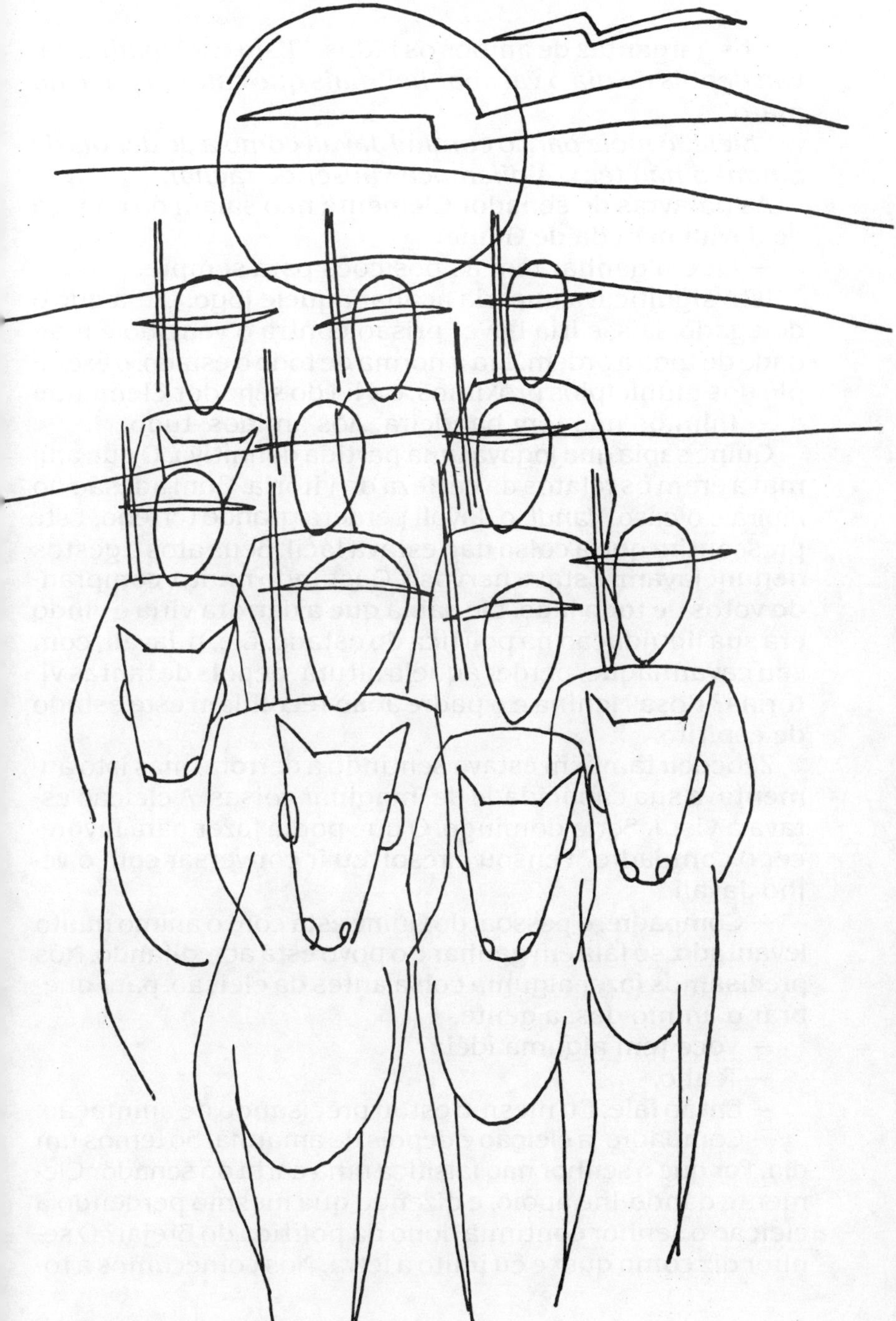

E os gargantas de ambos os lados: *"Esta está ganha. Javali depois do dia 3 vai apanhar mais que café em pilão do mato."*

"Eleição mole para o coronel Javali como a de depois de amanhã não tem. A diferença vai ser de rachar."

As palavras do senador Clemente não saíam da cabeça de Javali nem da de Guiné:

— Quem ganhar tem as posições para sempre.

Isto significava que iria acabar aquele jogo. O dia que o delegado saísse iria haver prisão contra o vencido e maldade de toda a ordem. Era a norma de todo o estado, o exemplo dos municípios próximos, e a lei do senador Clemente:

— Inimigo não tem bandeira. Aos amigos, tudo.

Guiné sabia que jogava uma partida definitiva. O que animava eram os relatos da certeza da vitória. Com adesão do Pipira e o caso *Mandi,* o Javali perdera grande terreno. Este pressentira que a coisa não estava fácil. Seus atos e gestos denunciavam. Estava nervoso. Gastando muito, comprando votos de todo lado. Ele sabia que a derrota viria e vindo era sua liquidação na política do estado. Ele, o Javali, com seu cavanhaque, perder àquela altura, depois de tantas vitórias? Rosa Menina e o padre João recolhiam este estado de espírito.

Zebedeu também estava sentindo a derrota, mas isto aumentava sua capacidade de imaginar coisas. A eleição estava à vista. Seria domingo. O que podia fazer para favorecer o compadre? Pensou e resolveu ir conversar com o velho Javali.

— Compadre, o pessoal do Guiné está com o ânimo muito levantado, só fala em ganhar e o povo está acreditando. Nós precisamos fazer alguma coisa antes da eleição, para quebrar o ânimo dessa gente.

— Você tem alguma idéia?

— Tenho.

— Então fale. Eu mesmo estou precisando de animação.

— Compadre, a eleição é depois de amanhã. Só temos um dia. Por que o senhor não falsifica uma carta do senador Clemente dando-lhe apoio, e dizendo que mesmo perdendo a eleição o senhor continua dono da política do Brejal? O senhor diz como quer e eu imito a letra. Nós começamos a tocar foguete aqui em casa e o senhor começa a ler a carta para todos que chegarem, com orquestra na porta e tudo. Eles vão amolecer. É um golpe.

Javali coçou o cavanhaque. Seria um baque, às vésperas da eleição. Ainda mais que não haveria tempo de qualquer desmentido do senador Clemente.

— É, compadre Zebedeu, vamos à carta. Não se esqueça de colocar "recomendações à minha comadre Matildes, a quem jamais eu falharia"...

Daí a uma hora, os primeiros foguetões começaram a espocar em frente à casa de Javali. A amplificadora chamava o povo para uma notícia importante. Houve aquele frenesi na cidade, para saber de que se tratava. Zé do Bule estava a postos. *Política no interior se faz é com música e foguetes* — Zé da Noca sempre dizia. Qualquer notícia naquele instante tinha *efeito* e chamaria a atenção geral. Quando a amplificadora começou a ler a carta do senador Clemente Guerra chegada há poucos minutos, o pânico invadiu as hostes do Guiné.

Zebedeu ainda estava em absoluta e perfeita forma. Todos censuravam o senador Clemente por esse gesto. Mas o sargento Ernestino, assim que ouviu a leitura da carta, foi felicitar o coronel Javali, que lhe mostrou o original e o envelope de outra carta, ambos com a conhecida letra do senador Guerra, na perfeita criação do notário Zebedeu.

Manuel Guiné baqueou:

— Fui traído miseravelmente pelo senador Guerra. Ele, se quisesse fazer isso, não devia ter me dito o que disse e me meter numa luta desta. Estou vitorioso e agora ele faz das suas. Fez sabendo, marcou o dia, a véspera da eleição, quando eu não teria condições de me movimentar nem tomar atitude.

— O melhor é abandonar a eleição — falou Mário, já inteiramente acovardado.

— Não — falou Zacarias —, agora nós vamos até o fim.

Estavam ali reunidos no quarto do fundo, escondidos, decidindo o que fazer. Ao longe, na casa do Javali, os foguetes continuavam, a amplificadora lendo de instante a instante a carta do senador Guerra: "Você, meu caro Francelino, é eu próprio aí no Brejal. Jamais o abandonaria. Recomendações a minha comadre...

O doutorzinho que viera para tratar de cassar o mandato do prefeito e que estava na prefeitura de cá foi chamado às pressas para também opinar sobre a situação. Ele poderia raciocinar de cabeça fria. Chegou, olhou Zacarias, olhou o Mário do Banjo. Todos lívidos. Olhou para o relógio: 7 horas da noite. Só tinham o resto da noite, o dia seguinte e a outra noite para a eleição.

— O senador Clemente tomou posição. Pois bem. Nós podemos falsificar uma carta dele para o coronel Né Guiné quase nos mesmos termos da que veio para o Javali. Vamos fazer a mesma coisa que ele está fazendo. Música, foguetes, festa. Amanhã, só um dia, não vai ter tempo do senador desmentir. O povo pensa que o senador fez a mesma carta para os dois no intuito de angariar mais votos. Os nossos amigos se animem de novo. Depois da eleição, então, o senhor acerta os pontos com o senador Clemente Guerra. Javali, quando souber da nossa carta, vai ficar triste, pensando que o senador quis jogar com os dois lados e vai esfriar.

— Mas eu não tolero mais esse senador. Foi canalha comigo. Posso sofrer tudo depois, mas essa que ele fez com a carta do Javali é imperdoável.

— Deve ser feita agora?

— Não — respondeu o doutorzinho. — Deve ser feita à meia-noite. Quando toda a cidade estiver dormindo. Assim, todos acordam e o efeito é melhor. O portador chegou trazendo a correspondência. À meia-noite!

À meia-noite, no silêncio do Brejal, numa tênue lua do minguante, a ronqueira do Guiné arrebentou. Outros foguetes foram saindo. A orquestra do Binga foi iniciando. As janelas das casas começaram a se abrir. As portas também, uns e outros começaram a caminhar para saber de tudo que estava acontecendo.

— O coronel Guiné recebeu agorinha mesmo uma carta do senador Clemente Guerra, muito melhor que a do Javali. Está com ele para o que der e vier — falou apressado o Mário, soltando notícias antecipadamente aos que iam chegando.

Guiné, que sabia o que estava acontecendo, não escondia a sua tristeza, mas o doutorzinho simulava bem:

— Eu, que conheço bem o senador, sabia que ele não faria uma carta daquela só ao Javali. Ele nunca fez isso. Joga sempre nos dois bicos.

Javali já dormia quando foi acordado pelo Zebedeu contando o que acontecia na casa do Guiné:

— Compadre, o senador Clemente nos traiu. Canalha. Acaba de chegar um positivo da casa do Guiné trazendo uma carta cheia de elogios e promessas. Veja que sorte a nossa ter feito aquilo à tarde. Se não tivéssemos falsificado aquela carta estávamos perdidos para sempre.

— Compadre Zebedeu, eu não acompanharei mais o senador. Isso não se faz. O que vamos dizer aos nossos amigos?

— O jeito é dizer que a carta dele é falsa e que a nossa é que é verdadeira.

— Isso é que já devem estar dizendo da nossa.

— De qualquer maneira é seguir as coisas. Não há mais tempo para nada, mas por via das dúvidas é melhor mandar a amplificadora abrandar essa história da carta. Falar pouco. Ah! senador canalha.

— Canalha só não, compadre, é também...

17

PELA MANHÃ, o Brejal estava irrequieto. As cargas de carne passavam para cada um dos pontos de comida. Já existiam alguns bêbados, festejando a eleição. O clima era de apreensão. Zacarias, a mandado de Guiné, ia buscar um animal para fazer uma viagem à Encruzilhada do Manuel. Para encurtar caminho, resolveu passar em frente da casa de comércio do Francelino. Ia pelo meio da rua de cabeça baixa. Seu revólver 38 na cinta: cartucheira bem rendada de barriga larga.

— Vergonha não foi feita para todo mundo.
Aquela frase bateu em cheio no rosto de Zacarias. Ele levantou a cabeça e fitou. Vinha da calçada da loja e dos lábios do Queirós, genro do Javali.
— O senhor está falando comigo?
— Não o conheço.
— Pois vai conhecer — rápido, Zacarias sacou de sua arma.
Queirós entrou na loja. Todos correram. Portas foram batidas às pressas. Mulheres gritaram. Zacarias foi saindo de costas para o outro lado da rua. Ao longe, Zebedeu olhava a cena da porta de casa. Saiu um tiro seco. Zacarias, como uma fera, revidou. Atirou de novo na porta da loja onde todos estavam e de onde partira o tiro. Olhou para o braço, estava sangrando. Correu alucinado e descarregou todo o 38. Seis tiros. O sargento Ernestino veio correndo. Levantou os braços e correu até Zacarias, protegido na quina de uma calçada alta, de onde atirara.
O ruído dos estampidos e a correria avisaram o Brejal de que estava acontecendo alguma coisa.
— Zacarias matou o coronel Javali — foi a primeira notícia que chegou à banca de Rosa Menina.
Zacarias agora vinha descendo a rua ao lado do sargento, com o braço ensangüentado. Vinha com os dentes cerrados de ódio. Todos sabiam que a sorte do Queirós estava selada. Fez sangue, e fazer sangue é provocar vingança, e Zacarias não era homem de não se vingar. A bala fora superficial mas sangrava muito. Guiné veio às pressas ao encontro do seu fiel amigo.
— Está vendo, sargento, como está isto aqui. Zacarias vinha passando pela casa do Queirós e foi baleado à traição.
Em casa de Javali todos estavam alarmados:
— Veio nos atacar. Atirou pensando que era o coronel.
Mas felizmente lá ninguém estava ferido. As balas danificaram apenas duas garrafas na prateleira e uma peça de morim. As mulheres estavam alarmadas. O Zacarias saíra sangrando muito e ninguém sabia a gravidade do ferimento.
Padre João, quando soube, moveu-se às carreiras, era preciso conter as iras. Agora sabia que era necessário agir lo-

go, senão iria haver uma tragédia. O sargento Ernestino mandou os seus quatro soldados municiarem os fuzis e colocou dois deles perto da casa do Javali e dois no mercado. A ordem era evitar os movimentos de vindita que já estavam formados. Padre João pediu a Rosa que o acompanhasse. Iria conversar com os dois chefes.

Javali estava lívido. Dona Matildes exaltadíssima. Contava o caso a seu modo. O padre João entrou com Rosa Menina, do mesmo jeito como entrariam na casa de Né Guiné, livremente.

— Venho implorar ao senhor para acabarmos com a luta, senão vocês se desgraçam. Vejam o que ia acontecendo. Deus alertou assim. Aqui estou para isso. Vamos acabar.

— Acabar como, padre?

— Eu não sei, mas é preciso.

— Eu não posso perder estas eleições. O primo Guiné está fazendo isso para criar um caso. Mas eu aceito a provocação. Vamos nos acabar. Eu não morro é como carneiro, sem gritar!

— É santa Rita quem implora, vamos acabar com isso. Quero um entendimento seu, Javali, por absurdo que pareça, com o Guiné. Que seja na igreja, junto ao olhar dos santos...

Houve um silêncio. Dona Matildes resmungou. Padre João prosseguiu:

— E será agora.

Javali ficou calado. Ele estava com medo de perder as eleições. A carta da madrugada fora terrível. E agora, com esse balaço do Zacarias, se fosse derrotado estava morto e sem garantias para ficar no Brejal.

— Faça, padre, o que lhe parecer melhor.

Padre João sentiu que santa Rita ajudava. Não perdeu tempo. Foi ao sargento Ernestino, pediu que mandasse os guardas com os fuzis esvaziar a igreja e postá-los na porta. Pediu igualmente a todo mundo que entrasse e fechasse a sua casa.

Foi ao Guiné, que era mais fácil de convencer. Guiné tinha a doçura da dona Gertrudes ao seu lado. O difícil era convencer Zacarias, sentado e baleado, instigando a revolta de todos. Quando o padre João chegou, teve a impressão que ali se reunira um exército na hora de combate. Os ânimos terrivelmente exaltados:

— Seu Guiné — o padre João conhecia a psicologia daquela gente —, o Javali está ciente da gravidade do fato. Deseja uma conversa com você. Eu me comprometi com ele a fazer essa conversa.

— Comigo ele jamais conversará.

— Não diga isso, o homem está ciente de que está errado e se humilhou querendo uma conversa com você, você não pode negar. Eu me comprometi a levá-lo lá. É melhor assim do que transformar o Brejal num campo de sangue e mortos.

Houve um silêncio grande e o padre João não se conteve na argumentação que lhe parecia verdadeira. Guiné lembrou-se da carta do senador Guerra para o Javali. Sabia que estava perdido, pois, ganhando ou perdendo as eleições, Javali, com a polícia na mão, iria fazer o diabo consigo e com seus amigos, e a única coisa que lhe restaria fazer seria matá-lo, sendo certo que morreria também. O padre João olhou nos olhos de todos:

— Guiné, você vai. Eu sei que Zacarias aprova sua ida.

Zacarias estava calado.

Daí a alguns minutos, desciam a rua o coronel Francelino Javali, o sargento Ernestino, o padre João e Rosa Menina a caminho da igreja. Lá entraram. Os soldados estavam na porta. Ninguém na rua e todos espiando pelas frestas das janelas. Javali entrou e ficou orando. A delegação saiu e foi buscar o coronel Manuel Guimarães, Guiné, que chegou depois, e também se ajoelhou e ficou a rezar. O padre João interrompeu a oração de ambos.

— Sentemo-nos. Estou aqui para acabar com essa luta. Venho implorar a vocês, pela felicidade de suas famílias...

— Mas o senhor sabe, padre... — tentou falar Javali.

O padre cortou suas palavras:

— Não estou aqui para lembrar o que passou. O que passou, passou. Vamos caminhar.

O padre João olhou para o altar, pediu a proteção da santa Rita e jogou a solução:

— Minha proposta é a de que a eleição deve ser empatada: ninguém venceu nem perdeu.

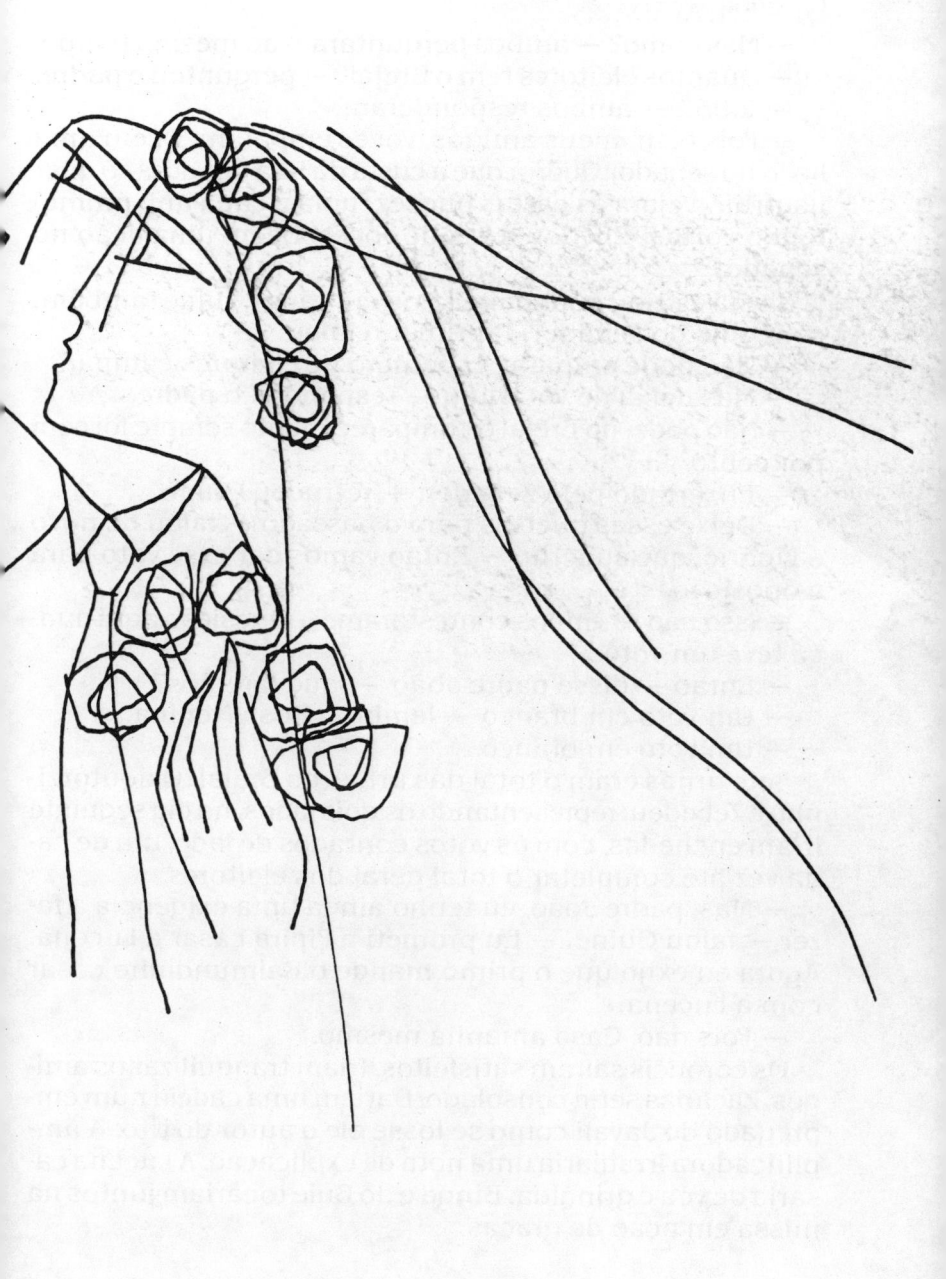

E concluiu categórico:
— EMPATADA...
— Mas como? — ambos perguntaram ao mesmo tempo.
— Quantos eleitores tem o Brejal? — perguntou o padre.
— 2.053 — ambos responderam.
— Pois bem, meus amigos, vocês empatam. Dêem uma lição no senador Guerra que à custa da luta de vocês só quer usufruir. Vejam as cartas que fez, uma a cada um, prometendo coisas. Chegou a vez de vocês. Dêem uma lição no senador.

Javali esfriou quando se falou em carta. Guiné também, com ódio do senador. O primeiro falou:
— Não pode empatar, o número de eleitores é ímpar.
— Mas deixa de votar um — respondeu o padre.
— Não pode, no Brejal o comparecimento sempre foi cem por cento.
— Enxertado pelo Zebedeu — retrucou Guiné.
— Deixe essas queixas para o passado — falou de novo o vigário, que sugeriu: — Então vamos dar esse voto para a oposição.
— Isso não — ambos contestaram. — Oposição aqui nunca teve um voto.
— Então — disse padre João —, que faremos?
— Um voto em branco — lembrou Rosa Menina.
— Um voto em branco.

Sete urnas eram o total das urnas do Brejal. O doutorzinho e Zebedeu, representando os dois lados, no dia seguinte iriam enchê-las, com os votos contados de lado, um de cada vez até completar o total geral dos eleitores.
— Mas, padre João, eu tenho ainda uma exigência a fazer — falou Guiné. — Eu prometi a Pipira casar a Lucena. Agora eu exijo que o primo mande o Raimundinho casar com a Lucena.
— Pois não. Casa amanhã mesmo.

Os coronéis saíram satisfeitos. Iriam tranqüilizar os amigos. Zacarias seria consolado. Dariam uma cadeia num empregado do Javali como se fosse ele o autor do tiro. A amplificadora irradiaria uma nota de explicação. A Lucena casaria de véu e grinalda. Binga e do Bule tocariam juntos na missa em ação de graças.

Ali estava aberto o domingo das eleições. Todos foram avisados do acordo e assim não haveria votação. Só a festa, comida e bebida à vontade.

Javali e Guiné continuariam suas brigas noutras oportunidades, comprando o babaçu e o arroz pelo preço combinado, e o povo do Brejal feliz: oitenta por cento de tracoma, sessenta de bouba, cem por cento de verminose, oitenta e sete de analfabetos, mas feliz, ouvindo a valsa do Brejal, Brejal dos Guajajaras.

OS BOASTARDES

"Eu nunca vi cemitério de medroso
nem valente de cabelo branco."
Provérbio do Mearim

QUEM SÃO os Boas, Boastardes?
Olegantino, o mais velho, bigode ralo, testa luzidia, lábios mansos e mão gorda. Fala aos galopes de mão quebrada e seu pigarro é um "nhô, ei vento" que sai em lugar do ponto, quando o pensamento fecha.

Vitofurno, o mais baixo, gordo do calcanhar ao pé do pescoço, a cara de chave perdida, sem abertura, de mãos leves, as rédeas do cavalo são brandas nos seus volteios, maestro do cabeção e da brida, a fazer as patas rodopiarem, estancarem, de pronto ou de maneiramente, como se pede ou ele gosta de mostrar.

Mamelino, o fino, de voz rala, alto, pálido, riso bem amarelo, de duas palavras, de dois sorrisos e de um só ouvido. Chapéu de palha, sandálias de frade, seu 38 é mais longo do que o cano, porque escorre na linha das ancas altas.

Olegantino, Vitofurno e Mamelino, todos Boastardes, da família destes, primos carnais, viventes valentes que andam em bando, pelas estradas e pelas festas. Quem ousou dizer-lhes *feio* nestas luas, destes anos todos em que o rio das Neves corre naquelas cachoeiras baixas e naquelas margens altas, um resto d'água no verão por onde os caminhos avançam e as pontes mata-burro são lançadas em troncos de babaçu?

Quem não sabe da viola que parou no meio da cantiga do cantador Zé Mingau, quando a mão de Olegantino levantou e disse:

— Não gosto de desafino. Quem não sabe cantar "boastardes" vá para as profundas do Zebedeu.

E lá foi o tiro certeiro na testa de Zé Mingau, que caiu com viola e cantoria, porque não soube rimar "vitofurno":

"Mamelino, Olegantino,
Vitofurno, Manelão,
Gente boa, Ernestino,
Boastardes do sertão..."

— Assim, num serve, não. "Ei, vento". No lugar de Ernestino, põe Vitofurno do meu sangue carnal. E caça rimação.
Zé Mingau caçou e nada:

"Mamelino, Vitofurno,
Olegantino, Manelão,
Gente boa,...
Boastardes do sertão."

Não saiu a rima, saiu o tiro, e Olegantino arrematou:
— Quem não sabe cantar Boastardes ganhe a ladeira do inferno.
E assim eles iam pelos caminhos e pelas veredas, contornando as cidades, implicados em furtos de moças, em festas acabadas e em casos de matança.
Na pensão de Pipiu arrancharam na boca da noite.
— Queremos janta, galinha e pirão.
A mocinha explicou que não tinha comida pronta nem por fazer. Pipiu há uma semana curtia uma sezão das boas: batendo queixo, pernas e coração. Não pudera sair para fazer na vila o aviado e aquela tonteira, aquela boca sem gosto, com gosto de arroz sem sal.
— Vamos, Pipiu, levanta, vem preparar a bóia — falou Vitofurno.
— Não posso não, 'tou batendo demais. A friadagem vai doendo até o miolo dos ossos.
— Levanta que vou te curar — replicou Olegantino.
— Olha essa mangueira do quintal — falou Mamelino. — Manga é bom remédio pra febre.
— Deus me livre, suas crianças. Desconjuro. Manga com febre mata.
— Pois o desengano da vista é ver...
E lá Pipiu foi comer manga, sal e vinagre, que nem cachorro doido, tremendo dos dois frios, dos homens e da sezão.

E o bando caminhava, adiante, para frente, volteando nos tijucos dos baixos alagados até o seco das chapadas da Barra e de vez em vez parando em meias visitas à matriz de Loreto e às festas das Mangabeiras.

E a história de Mamelino com a mulher da estrada?

Iam no caminho do fio pervagando, os três montados, no baio, no rosilho e no queimado rodado. Passinho de estrada, marcha miúda, assim comendo tempo, espantando mosca e conferindo os pés de imbaúba sem folha. Lá vem de longe uma mulher, nos pisantes, em busca de casa, do caminho do roçado, já no estirão da palhoça. Se tinha três meses, a barriga dava seis, remando nas pontas, balançando no gingado do andar, para uma banda e outra.

Os três cavaleiros estancaram. A mulher na frente, eles atrás, e foram conversando, como quem nada diz, no descampado de perto.

— Dona sinhá, *cuma* passa a senhora?

— Como Deus aprova, meu sinhô.

— A senhora tem notícia dos Boastardes?

— Deus me livre, meu sinhô. Num sei nem desejo saber.

— A senhora — falou Vitofurno — num ouviu falar deles não?

— De bem não, seu moço. Perversidade assim 'tá na boca do povo. Diz que são as três pessoas do Satanás. Acaba festa, mata gente, surra velho, menino e mulher. Deus livre vosmicês de topar com eles.

Foi fechando a boca e Mamelino, o de voz rala, estava grunindo, de devagarzinho e pigarreando:

— Pois é, vosmecê 'tá falando com eles. Aqui, Mamelino.

— E eu, Vitofurno.

— E eu, Olegantino.

A voz da mulher parou, quis correr, as pernas afrouxaram.

— E agora, mulher! Os três Satanás! Os três Satanás! Reza a *Cabra Preta*: "Vem Ferrabás, vem Satanás, vem Caifás... os sete peito de aço..." — e a risada leve de Mamelino.

— Zé Mingau foi teu, essa é minha.

— Num mata essa mulher não — disse Olegantino — vê que ela 'tá prenha.

— Tenho três meses.

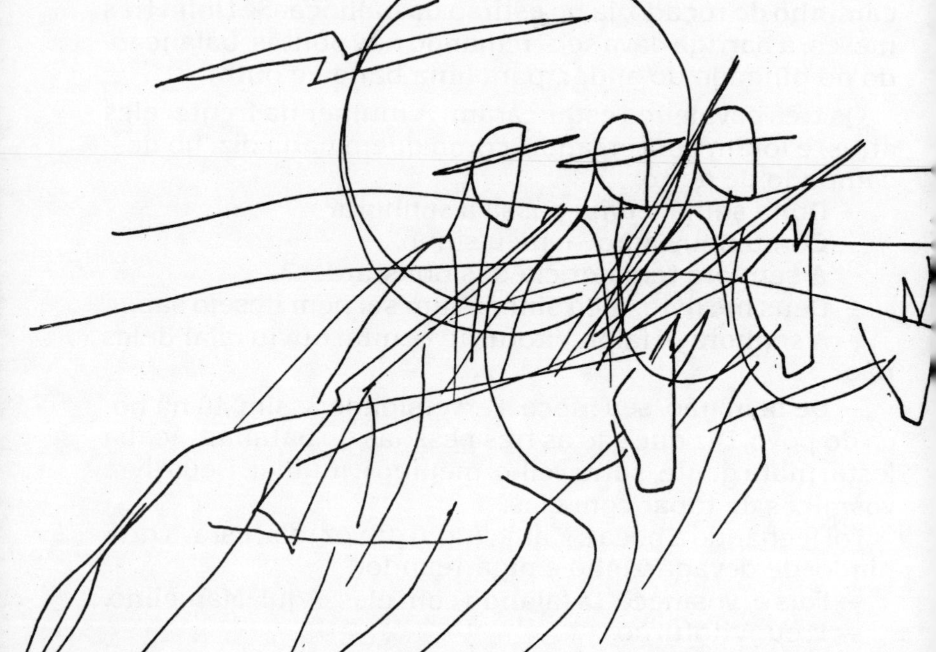

— Três, seis, ou nove, alevanta a saia, põe a vergonha de fora e vamos ver...

Bem perto, assim ao lado dos paus, alguns pés de mandacaru, e uma espinheira de tucum, com cascas de ovos enfeitando as pontas. A pobre mulher com a barriga de fora, as mãos segurando as saias sujas do sujo dos dias, bem abaixo dos seios o umbigo tufado, desses cortados de faca cega e afrouxado no choro, e já liso do menino que vinha e mais o soluço, a sacudir menino, barriga e banha.

— Olha mulher, nós não somos ruim não. Por isso, pra teu castigo — disse Mamelino —, segura a saia e dá três barrigadas nesse mandacaru.

A mulher encostou a barriga de vez no mandacaru, na ponta dos alfinetes de tucum, uma, duas, três umbigadas, e Mamelino saltou. E saiu empurrando, no jogo do empurra, barriga no mandacaru e nas espinheiras.

A mulher ensangüentada, catando espinhos e amaldiçoando, lá iam os Boastardes caminho avante, ouvindo o choro e a desgraça:

— Vai, Satanás...

Depois correu a notícia do aborto, da morte, e a história de verdade vira mentira, e sendo verdade fica na boca do povo contada em ouvido e viola, ou nos mexericos.

Agora é a vez de Vitofurno, o gordo. Os três a cavalo, quando lá no estirão do caminho uma papagaio-bóia larga de cima dum galho não se sabe como, e cai nas crinas do baio que rodopia, espantado, dá de corpo, estanca, e lá vai Vitofurno no chão. O riso de Mamelino, o "oi vento" de Olegantino. A fúria que invadiu Vitofurno ninguém pode descrever.

— Cavalo miserável, me derrubou, vai morrer.

E pegou uma estaca e foi pedaço de cavalo para todo lado, surrado de pau, de murro, de tiro e de faca. O baio ficou na estrada e Vitofurno saiu saciado de sangue e de raiva, com o sarro de Olegantino:

— "Oi vento", tu mata cavalo melhor do que mata gente...

Agora os três estão ali, no arrasta-pé da Ribeira, a lamparina grande alumiando da cumeeira aos cantos, no varandão armado nos caibros de tucum, nas ripas de carnaúba e coberto de pindova, feito só para isso, construção igual de mina, forró e ladainha de santo encomendado.

As caboclas cheirando a água de cacimba e mais os cheiros das quitandas e os óleos e os sabonetes e os alvaiades e os vermelhos dos papéis coloridos dissolvidos e pespegados nas bochechas. E as flores e folhas nos cabelos. Vestidinhos engomados, chitas de ramagem de flores e de quadradinhos, algumas listras zebradas, tudo de admirar no meio dos homens cheirando a mato e macho. Lá fora, no terreiro, o jogo da caipira, nos dados suarentos e nas vícias de sempre, com os mesmos fregueses e os mesmos bancantes:

— *É o jogo da caipira,*
quem mais joga menos tira...

E a sanfona de oito baixos, de oito mesmo que não tem mais, mas fazendo cento e oitenta a duzentos de duzentos que ninguém sabe quantos, porque os dedos de Zé Mãe da Lua são mais ligeiros que cobra na areia quente. E o recoreco, no vai e no vem, terententém e tem, misturado com o xote que sai da garganta molhada da pitanguinha azulada, tiquira de cabeça, dessas que fazem amanhecer em riba da meia-noite.

— *Ai, ai, Maria, ai, Maria*
Ai, Maria do Deus Amor...

E a resposta da rapaziada:

— *Ai, Maria do Deus Amor...*

E Mãe da Lua repetindo:

— *Uma rosa no cabelo,*
ai, Maria do Deus Amor,
uma fita na cintura,
ai, Maria do Deus Amor.

E cresce a festa, poeira levantando, o cheiro de corpo, a inhaca dos homens recendendo, e as mulheres saindo no rumo do mato — o bando das moças donzelas envergonhadas, de risinhos — para aliviar as bexigas.

Foi nessa hora que os Boastardes foram entrando.
— Boa noite, minha gente toda — falou Vitofurno.
— Boa noite, seus Boastardes...

E como que a música quebrou de força e um silêncio foi crescendo, ouvido apenas o arrasta-pé ritmado, no Maria do Deus Amor.

— Quero a fêmea mais bonita nos meus braços. Quem tiver com ela vá largando — Olegantino partiu.

E lá se foi Maria Rosa de passagem, nas suas ancas altas, nos braços do homem. Os que puderam foram saindo de mansinho. Festa com presença dos seus Boastardes, nenhuma acabava de acabamento natural. Os primos carnais às vezes começavam com um tiro na lamparina, outra surrando os homens, e noutras mais apanhava homem, mulher, velho e criança.

Olegantino abriu a brincadeira. A Rita Nanica, por outros chamada Rita Toquinho, foi tirada para dançar. Um baião ligeiro, pulado de três, Mãe da Lua com um olho na sanfona e outro nos Boastardes soltos pelo salão.

De repente Rita Nanica parou em meio do baile. Deu um safanão em Olegantino e não pediu permissão.

— Ora seu Boastardes, me arrespeite, que isto aqui é baile de moça, não é baile de rapariga e eu não gosto de homem se sarrafastando nas minhas partes...

— Sua paturi de oveiro baixo. Fasta pra lá, Nanica de droga. Tu vai ver é já. Não come do meu pirão, mas vai entrar no meu cinturão.

— Comigo pode ser Boastardes, Bonsdias ou Boasnoites, mas eu sou moça e homem me arrespeita.

E nem falou e já sentiu o que vinha. O cinturão de quatro dedos, sola bem curtida, começou a cantar. Apanhava mulher de um jeito e de outro também, aos gritos de Olegantino:

— Não pára a sanfona, Mãe da Lua, senão morre!

E mais:

— Eu gosto de surrar mulher é no chorado da sanfona.

E a taca foi entrando e cortando, solta, danada, para lá e para cá.

Foi quando Mamelino veio de voz macia e já tirando a Nanica da peia.

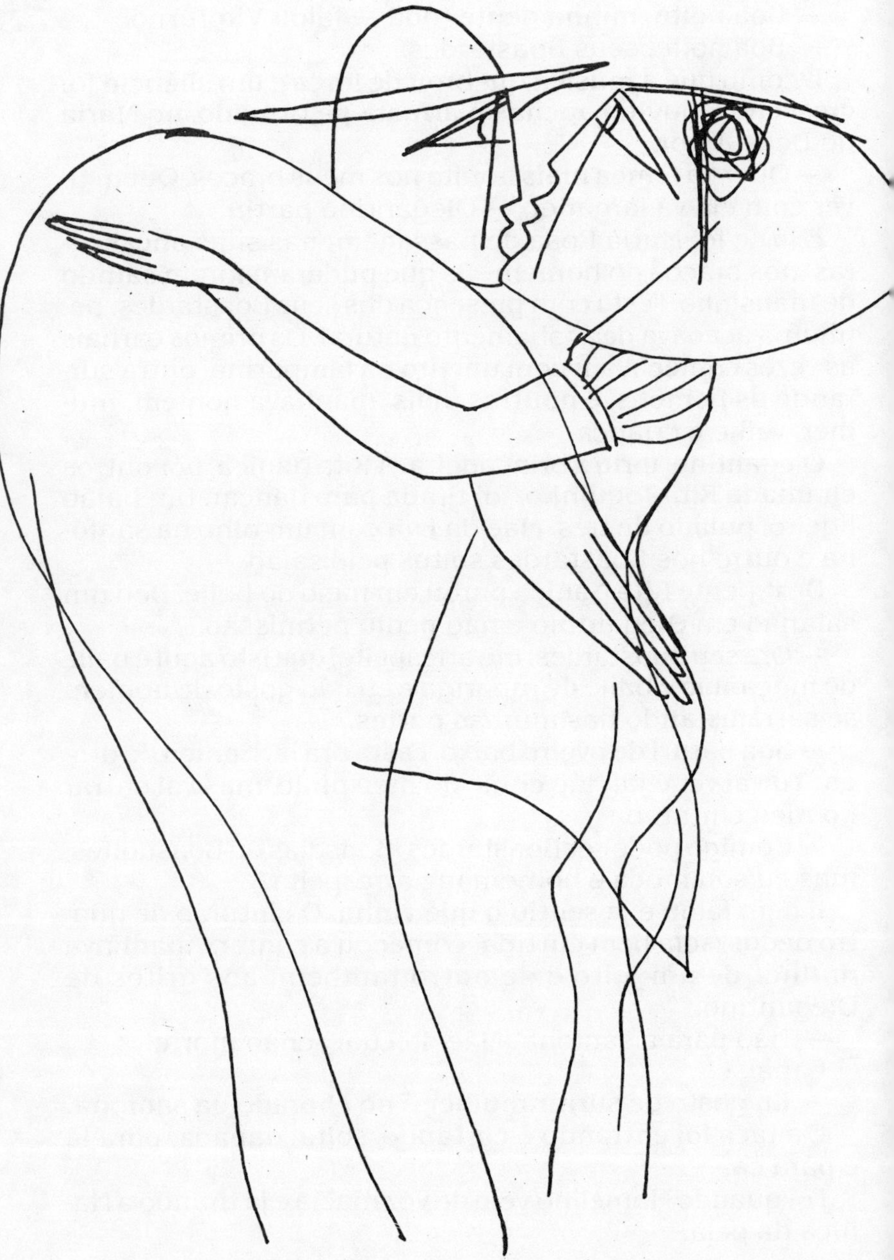

— Não dá mais, primo, agüenta a mão que a festa 'tá boa...

A sola estalou rente e firme na cara do Mamelino, o de voz mansa e fina, marcando, ferrando marca de apanha na cara de homem.

— Meu primo 'tá me estranhando! Olha o trato! Ninguém deixa bater na nossa cara. Cara de Boastardes.

A mão rápida ninguém viu. Nem Olegantino, que já tinha a sola do cinturão parada no ar, com um balaço no braço. E depois outro no outro.

— Primo, mata logo, que eu sou Boastardes e corpo de Boastardes ninguém fura de bala sem morrer — disse o mais velho, o de mão gorda.

E lá foi outro balaço certeiro no peito de Olegantino, já caindo e caído no salão, Rita Nanica desconjurando.

Foi o tanto para Vitofurno chegar, no pé da fumaça, no cheiro da pólvora. O primo ainda estrebuchava e Mamelino tinha o revólver na mão.

— Primo, olha o trato que nós fizemos. Quem bate em Boastardes tem de morrer — falou Vitofurno.

— Pois vem, primo carnal, que estou preparado.

— Pra que tu fez isso, Mamelino?

— Mata, primo, que eu tenho de morrer. Nós era três, somos dois, vamos ser zero.

E o balaço de Vitofurno saiu. Mamelino não atirou, e foi ele mesmo quem falou, no baque da bala no peito, na hora da viagem do inferno:

— Olegantino 'ta vingado...

Dois mortos no salão, no arrasta-pé da Ribeira caídos, sangrando. Vitofurno levantou os braços.

— Quem bate em Boastardes tem de morrer. Cadê a mulher que começou a sangueira? Pois se começou, vai acabar.

E gritou por Rita Nanica, que não se fez de rogada. Olhou os dois no chão e perguntou:

— Que é que você quer comigo, seu Vitofurno?

Vitofurno arrancou o revólver de Mamelino morto. Quis entregar a Rita Nanica:

— Me mata, vagabunda, paturi de oveiro baixo, cadela da nossa desgraça. Atira, bem aqui no peito, onde Boastardes morre. Chega mais perto. Vamos.

Mas Rita, recusando:

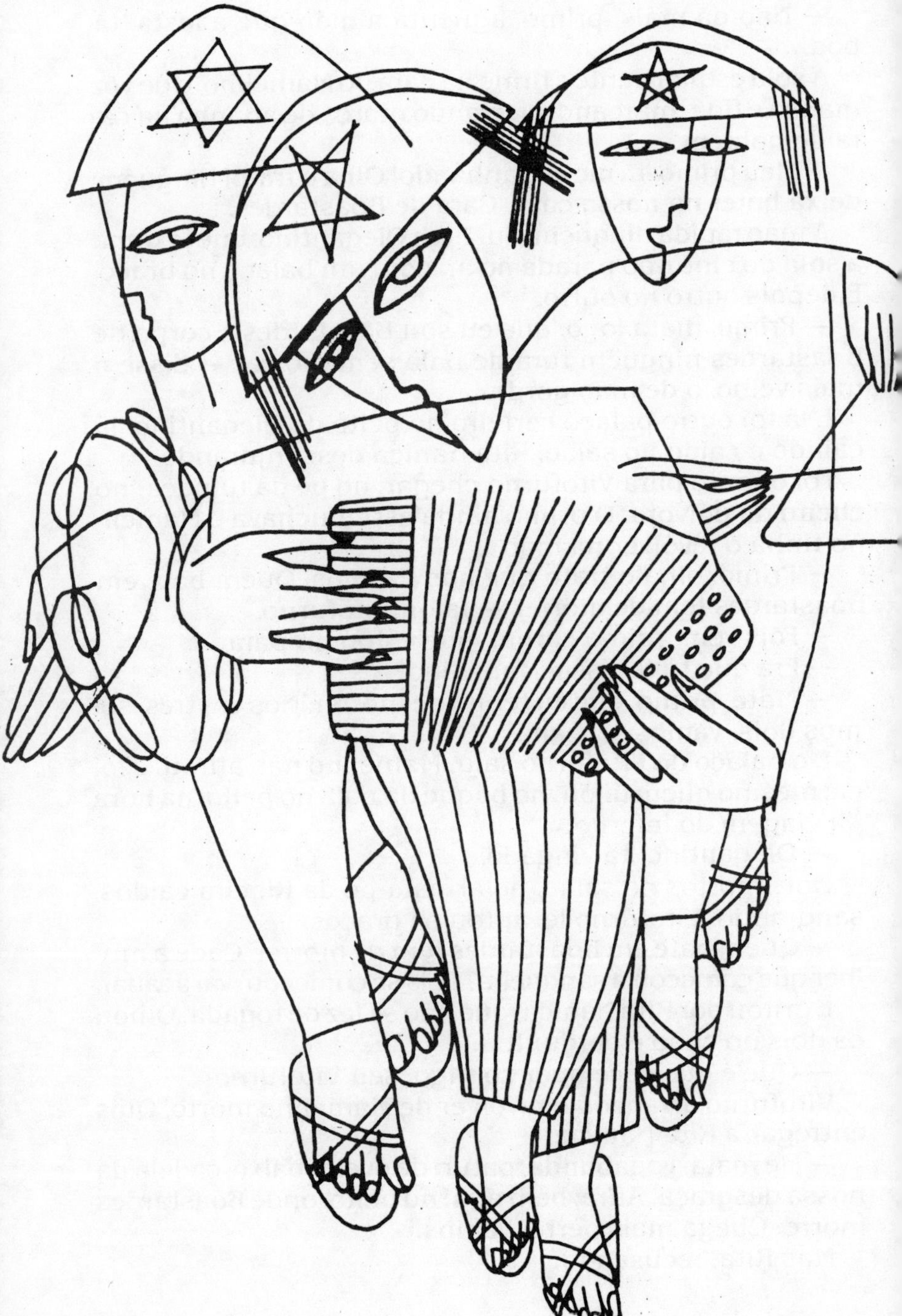

— Morra, diabo! Se mate você mesmo, deixe de besteira que eu não vou pegar no cabo do seu revólver.

E então surgiu o tiro. Tiro grande desses de papouco. Vitofurno nele mesmo, bem no ouvido, bala procurando miolo e afrouxando sangue e nervo, apagando a vida, fogo que vai morrendo, de devagarzinho, vermelho, vermelhinho, e depois nada.

A orquestra parou.

Apenas Nanica vozeirava:

— Isto aqui se arrespeita. Nosso baile é de moça, não é de rapariga...

OS BONSDIAS

"Que vês tu, Jeremias?
"Respondi: Vejo uma vara de amendoeira."
Livro de Jeremias, Cap. 1, Vers. 11

"Não há doce ruim nem cabra bom, nem mulher feia de vestido branco."
Meu avô Assuero Ferreira

QUEM são os Bonsdias?
Gente cheia de achaques, também são três: Rosiclorindo, Florismélio e Brasavorto. Primos, dos carnais, amigos para a vida toda, dessas amizades resistindo dias, sempre de bandeira em pé, sem nenhum percalço nem arrufo.

Amigos e sócios, desde cedo juntando o destino por manias comuns e comuns procederes. Festas juntos, viagens e até roças, sem falar no mesmo teto de palha coberto de babaçu, abrigados do tempo e dos morcegos.

Dos Bonsdias não se podia dizer que fossem criaturas a quem Deus e a natureza houvessem abandonado, assim de pronto. Eram fortes, músculos e frontes engomados, de um vermelho aberto, tipo sarará, onde os cabelos carapinhados, encaracolados e firmes no couro cabeludo tinham tonalidades gázias. Sardas, lentigens não escuras, mas também não tão claras, pois que em Brasavorto algumas pareciam até sinais ferrados na viagem do cangote.

Dentre os gostos comuns, havia o de não plantar arroz em roça. Talvez o medo do pulgão ou lagarta ou quem sabe pelos trabalhos que dava. Melhor os legumes: feijão, que, não tendo arroz para enroscar-se e atrasar o crescimento, se esparrama pelos altos e baixos do chão, cobrindo os restos do mal destoco. Melancia, plantada no tempo, sem muita água; maxixes e pés de camapu, enclausurados e verdinhos nas capas apodrecidas, bom de mastigar na hora do trabalho da lera que escorria de um lado para outro, facilitando as artes da campina. Era bom o gosto sem gosto do camapu, frutinha besta, como bestas eram a maria-pretinha e o puçá.

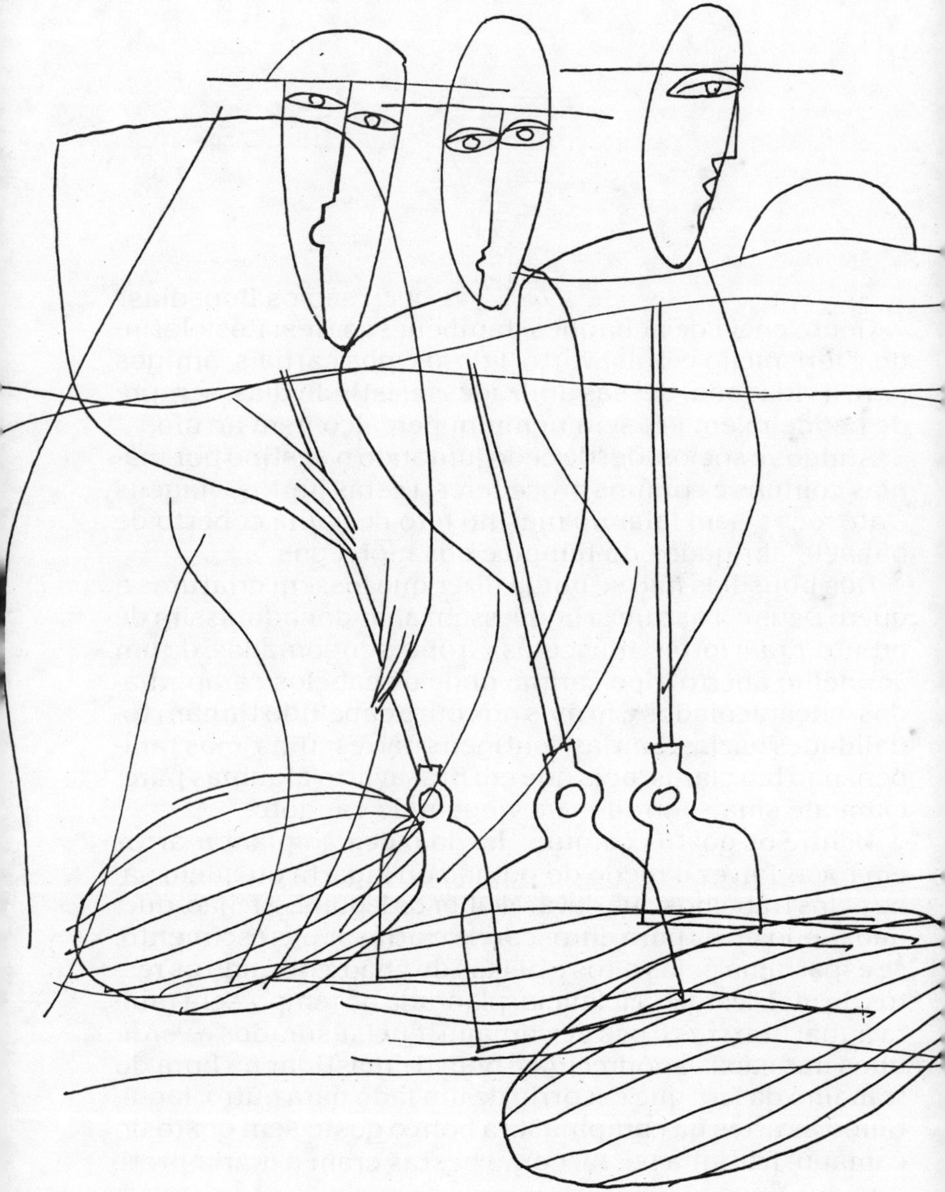

Quem não conhecia os Bonsdias naquelas bandas do Centro dos Mal-Ouvidos, que estava entre as Pombinhas, seus campos de carrasco e piçarra, e as montanhas de água derretidas, formando lagos que não se acabam e onde o sol se esconde mas não morre, como Itás, o lago Grande, lago Açu, o lago Comprido e o Salvaterra do Destemor, este, assombrado, que muda de lugar nos campos e tem ilhas que flutuam, caminham como navios, e luzes que cegam e fazem pescador perder caminho de casa e boi morrer afogado nas cangas d'água?

Aquela ponta de mato era o mundo de Florismélio, Brasavorto e Rosiclorindo, onde cresciam rentes do céu, sacudidos de ventololô, alguns bambus, tucuns e ariris, bacabas e juçaras nos córregos que só corriam no inverno, mas, mesmo assim, secos, tinham terra fria em meses de sol quente.

E a mulher que supria a futrica, alisava os três, vestia e dava de comida nas suas palavras fortes, sempre obedecidas, sem faz-de-conta nem indagações de *prumode quê?* Era a Rita, nas suas pernas de batatas musculosas, braços bons de foice e machado, no balcão dia e noite, aviando e plantando, tangendo esse bando de homens. Não era a indolência nem preguiça estas abusões que tinham, mas fortes funções que não podiam deixar porque eram do corpo e não da alma.

Ela, depois da noite dos Boastardes, foi ficando assim, sem ver maneira de amamentar meninos e fugir do serra-velha, que para solteironas era pior que para tias de muitas parições ou avós de grande manada de meninos.

— *É o serra-velha, é, é.*
É serra, é serra, é, é.
Serra João, serra José.

E o reco-reco e as latas arrastando e as velhas abrindo janelas e portas e cuspindo, jogando lamas e mijo. E a rapaziada fugindo e gritando no serra-velha, serra, serra, serra, serra Mané, serra José, serra a avó do Barnabé.

Rita Nanica, sem pendores e decidida, não deixava sempre de dizer em letras todas:

— Para são Pedro, não vou ficar.
E de moto próprio escolheu e decidiu, e esta decisão foi dos Bonsdias que, não se decidindo, estavam no pedido.
— Olha, seus Bonsdias, vocês por vocês mesmo não arrumam mulher. Pois ela chegou. É para um e para três.
E a todos três cobriu com sua forte palavra e vida, desde que eram cheios de tremoques. Um deles, Rosiclorindo, por exemplo, não podia ver morte de porco. Desde menino a mãe, as irmãs e os tios insistiam.
— Olha, Rosiclorindo, olha. Não tem nada demais, faz força pra ver.
Como podia, o frágil filho da velha Chica Bonsdias? Era de sua natureza o pavor, esse comichão de falta de ar, vindo do pé ao cabelo, toda vez que arriscava olhar o lado cego e bater a contracosta do manchil — aquela pancada surda e seca, no lugar das entreorelhas dos capados e depois o desordenado estrebuchar. Os grunhidos anteriores, na hora da peia, segura, arrocha, tinham tamanho influência nos seus sentidos que ia da vertigem ao desmaio de corpo todo, sem antes buscar a transição de uma palidez de flores brancas, ou melhor, de arroz levemente enxaguado de urucu.
Porco gritava ao longe, de corrida de cachorro femeeiro, ou mesmo de relho ou pau, na enxota da lama ou no espantar dos fuços do beiral da casa, e vinha a pergunta apavorante:
— É morte de porco?
E a resposta tranqüilizadora de todos:
— Não, Rosiclorindo, não é.
Então voltava a cor, o sangue nos lábios, o brilho Bonsdias dos olhos. E às vezes os de casa, de brincadeira, no gozo desses faniquitos, escondiam leitões já nos pregalhos, afirmando a Rosiclorindo que eram corridas e mordidas de cachorros.
— Não é matança, é bicho...
Rosiclorindo com despiste tinha a consciência acalmada e sem abalos seus fracos comportamentos. Depois, era o pior, quando sabia que fora culpado de sentir o que devia sentir nessas horas.

Dizia que não era do grito o seu horror, mas do que o grito anunciava, ou melhor, daquilo que o grunhido pressupunha: a sangria. Era sangue que Rosiclorindo não podia ver. Olhar e desmaiar, um tiro só. Em favor dessas defesas o depoimento de que também nunca assistira aquela faca afiada de cabo sujo e gume luzente no fio do corte passar em pescoço de galinha ou mesmo de frango. Quando a velha Bonsdias punha os pés firmes nas pernas da criação, imobilizando-a de logo, e começava a arrancar as penas do gogó, e batia firme para apostemar, chamar o sangue para o talho rente, Rosiclorindo fechava os olhos. Mas não era como porco. O cacarejar não lhe provocava o desmaio nem as mãos frias. O mesmo não se podia dizer do zirim, este amolar de faca na beira do prato velho com umas gotas de limão para não coalhar o sangue. Ouvindo este som, vindo também da pedra de raio, sempre junta no ritual das matanças de galinha para amolar os ferros, Rosiclorindo desmaiava na cerimônia para lá e para cá.

— É como o grito de porco, minha alma não agüenta.

O zirim e o grunhido eram os males de seus nervos. Mas graças a Deus só aí, não iam até na hora da bóia. Comia o porco como viesse, e até mesmo pedaços que outros que não tinham esses achaques julgavam de recusar, como pé e orelha, tripas e passarinha, não tinham enjeito. Achavam até mesmo que seu apetite era maior para estas carnes que para outros pratos.

Estes bens e males talvez tenham sido a embira que enlaçou a sua vida numa amizade sem limites com os primos Brasavorto e Florismélio, que, como ele, decerto pela família, pois eram Bonsdias, ou mesmo por defeitos, não eram de todo isentos de umas leves manias.

Brasavorto não podia ver cabeça de peixe. E não era mania nova, diziam todos que desde criança sofria da mesma maneira. Mas, diferente do primo Rosiclorindo, não desmaiava nem sentia mãos frias, nem suados e calafrios. Ao contrário, ganhava mais força, o sangue lhe vinha ao rosto, ficava vermelho, vermelho como malagueta, segurava os cabelos com força de arrancá-los, subia às pontas dos pés e todo preparado, pulmões cheios, cordas vocais a postos, lá surgia um grito tão apavorante que dava arrepios, fazia menino chorar de medo e mulher grávida perder filho.

No Centro dos Mal-Ouvidos, lugar onde todos viviam, aquele grito era conhecido e rompia a mata, espantando caça e caçador, passarinho e gente. Às vezes até servia de despiste, quando as assombrações, curacanga e outras mais dessas que gritam nos cocais, davam morrificantes gemidos quase iguais.

Também, como o primo, os tons dos seus gritos vinham em escala ligada ao formato e nomes de peixes. Tamatá, por exemplo, cascudo da lama que tem safra no fim das águas, era o que mais reação provocava. O acará não mexia tanto, nem muçum, nem anojado, nem bagrinho de pescaria de linha com isca de bicho-de-coco. Já o gênero dos jejus era motivo de gritos virulentos e a tarira escorregadia, estalando as guelras, preta e babosa, dava falta de ar. Cabeça de jeju ou tarira fazia Brasavorto ir às raias do sangue derramado pelos olhos, nariz e boca.

Mas, como Rosiclorindo, a carne não lhe provocava aversão. As raízes de seus achaques não perturbavam o apetite. E, assim, vivia.

Já Florismélio, o outro primo, sofria de soluços convulsos provocados por odores, de repente e violentamente, aos quais tinha verdadeira alergia. Cheiro de unha era um dos mais violentos, que ele procurava a toda hora e minuto, cheirando as mãos para ver se não vinha. Vindo o pressentimento começava a crise dos soluços que não passava senão depois de esfregar as mãos em folhas de hortelã grossa. O pior para Florismélio era a inconstância de suas repulsas. Qualquer cheiro podia, sem nenhum aviso, entrar no rol dos causadores de soluços.

Assim aconteceu com manjerona e alecrim-verdadeiro, bem como com chá de jurubeba. Foi de repente, numa festinha de rapazola, quando dançava com a filha do Batebanha. Florismélio parou, fechou os olhos e lá veio o maldito soluço, desta vez entremeado de espirros, que sucediam provocando inquietação na sala.

— É cheiro de unha?

E a resposta tranqüilizadora:

— Não, é cheiro de manjerona...

Ora ninguém sabia que Florismélio já estava enjoando cheiro de flores e foi uma surpresa geral.
— Flores, também?
— 'tá nascendo hoje — foi o que pôde dizer, no espirro.
A partir de então esperava a toda hora que alguma coisa desencadeasse aqueles convulsos terríveis. Uma vez os soluços levaram dois dias e duas noites, procurando-se descobrir-lhe a causa. Pensou-se até, depois de afastar todos os objetos e pessoas e bichos e móveis, que era de roupa que Florismélio estava tendo aversão. E começaram a despi-lo, rapidamente, na tarefa de guardar calça, camisa, cueca e tudo.
— Passou, Florismélio?
— Não, não passou, não é roupa.
E de novo vestido, sem que os vizinhos arriscassem alguns palpites sobre se era cheiro de umbigo, de cabelo e outros tantos. Depois de muita luta e dessas duas noites de agonia, foi ele próprio que descobriu.
— Acertei.
E o semblante vitorioso, no meio da tristeza desses dias de sofrimentos constantes já estancando só no descobrir:
— É cheiro de dente.
E houve o corre-corre para passar mastruço e folhas de fumo nos dentes. Depois, o próprio Florismélio afirmou que não eram todos os dentes que provocavam, mas o incisivo esquerdo.
O que seria de recear, porque iria prejudicar seu trabalho, logo foi notado que não tinha fundamento, era o cheiro ativo do bamburral-de-vaqueiro, que nas roças cresce mais do que os legumes. Mas, não. Ao contrário, um dia, teve uma crise em plena hora de capinar, no arranca rabo-de-curimatá e carrapicho. Foi pegando no sete-sangrias, da florzinha branca, que tem virtudes de enralecer o sangue depurando o corpo, que o espirro e o soluço começaram.
— O que foi, Florismélio? — indagou Brasavorto.
— Sete-sangria — respondeu Rosiclorindo, vendo o primo com o matinho na mão.
— Não, é mesmo cheiro de unha — tranqüilizou a todos, que iniciaram logo a cata de outro cheiro mais forte de um mato qualquer para cortar a violência do cheiro de unha.

O bamburral-de-vaqueiro de odores fortes fez a vez da hortelã.

Os três primos também eram devotos do mesmo santo e rezavam ladainha, puxada no latim:

— *Regina patriarca...*

E o coro de todos, firme no *Ora pro nobis*. Com são Longuinho, então, o prestígio dos Bonsdias era de espantar o céu. Eles o descobriram quando um facão crista-de-galo desapareceu no meio do trabalho da roça.

Foi de Florismélio a idéia de procurar às vistas do santo.

— *Valei-me, meu são Longuinho. Fazei com que o facão apareça. Dou três pulos e três gritos.*

E lá os três, Brasavorto, Florismélio e Rosiclorindo, olharam o facão e pagaram a promessa. Três pulos e três gritos, que foram o bastante para outra crise de espirros e soluços, com a pergunta de todos:

— É cheiro de facão?

— Não, é de unha — Florismélio pôde responder irritado.

Aí era seguir o ritual já conhecido, inclusive com a opção de bamburral-de-vaqueiro.

A partir desses tempos, até mesmo outras pessoas que tinham objetos perdidos, iam procurar os Bonsdias. Qualquer deles, indistintamente, gozava dos favores e das artes de são Longuinho. E também aprenderam que antes da invocação de mostrar deviam dizer o que o santo queria ouvir, e assim era feito.

— Seu Brasavorto, uma graça para S. Longuinho. Eu perdi minha medalha da Conceição.

E começava:

> *São Longuinho era cego,*
> *no peito de Deus mamou.*
> *Logo que o sangue saiu,*
> *a vista quilareou...*

Então pedia, no *valei-me*, as graças do aparecimento. E ninguém voltava de novo, porque o objeto aparecia. Uma vez falaram a eles que deviam desenvolver aqueles dons, botando responsos de santo Antônio ou mesmo de pai-desanto! A isso recusaram firmes e nunca buscaram essas mágicas.

Outras abusões também estavam incorporadas aos seus caracteres, dando apoio àquela indolência que nada tinha de preguiça, mas era uma formação mesma do corpo que não tinha disposição para essas necessidades do trabalho. Assim, era da vida mesmo dos Bonsdias não olhar o sol nascer. Diziam todos que fazia mal para o fígado e dava tonteiras. E invocavam exemplos de pessoas que sofriam de males e todos eles vinham sem dúvida de olhar o sol nascer, que ao nascer tem uma força terrível espargindo luzes e eflúvios secretos que não se pode explicar, mas atacam a saúde. Com isso, é bem verdade, só deixavam a rede depois das nove horas, já com os males solares cortados e dissolvidos. A noite também devia encontrá-los no acamadouro.

— Dormir com as galinhas — diziam sempre, não cumprindo o provérbio de acordar com o galo, no cagar dos pintos, pela madrugada.

Por isso suas roças não podiam ser grandes e deviam ter a delicadeza das roças fracas e tenras, dessas que às vezes dão pena e despertam nos outros o direito de ajudar.

Unidos e amigos viviam os Bonsdias na sua casinha, arredios dos outros. E quando as coisas não iam bem, falta de comida, inverno fraco, roça ruim, farinha pouca, quando todos iam quebrar babaçu e buscar trabalho alugado, eles não se perturbavam, saíam e iam de casa em casa na hora da bóia, como quem não quer nada e querendo. Não eram dados aos gostos da bebida e apenas, nos defluxos, arriscavam uma cachaça com limão.

Estavam homens, além dos vinte, todos apartados de casa, quando selaram a sorte:

— Vamos viver juntos, casa, comida e trabalho.

E daí escolheram a ponta de mato onde fizeram a choupana, criaram bichos e viveram muitos anos. Faltava a companheira, porque era desejo deles o casamento e sempre falavam nisso.

— Mas precisamos que as três mulheres sejam amigas como nós somos.

E a resposta conjunta:

— Amigas, como nós somos.

Foi nessa época que Rita, baixinha e valente, foi aparecendo mais amiúde por aquelas bandas. Desde a festa dos Boastardes que conquistara a notória simpatia dos centros de lavoura, tranqüilos, agora, nos seus forrós.

Foi no dia dos Santos Reis que a sorte baixou com a decisão de Rita: sou mulher para um e para três...

A ladainha com acompanhamento de cholocate de castanha e bolo de farinha e rebuçado a dez-réis-só. Nesse dia devia morrer a brincadeira dos Caretas, que ficara no lugar da brincadeira da Burrinha, com seus versos perdidos:

> — *A burrinha do Joaquim,*
> *Tinha um buraco de angu,*
> *Foi o rato que roeu,*
> *Pensando que era beiju.*

E o coro de todos, nos passinhos das alas, com os cumprimentos dos saudares:

> *Foi o rato que roeu,*
> *Pensando que era beiju...*

A ladainha de Reis neste ano era de louvor a todos. As nuvens estavam passando em bando no rumo do nascente, para o lado do morro do Piracambu. Siricora cantando, os tetéus se aninhando sem ver de quê, a sunga-nenen rapando, e o carão de garganta solta, sinal de chuva e boa chuva. E foi assim, debaixo d'água, na volta de casa, que a vida começou para eles.

Naquela noite mesmo, quando o dia amanheceu tinha mais uma rede na casa dos Bonsdias. E hoje podia se ver que dos seis filhos de Rita, três pares de homens guardavam bem as feições dos primos Bonsdias.

E viveram felizes inverno e verão, seca e chuva, até o dia em que o final aconteceu.

Ali estava na meaçaba, velas acesas, entre lágrimas e queixumes, o corpo de Rosiclorindo. Uma queda de rede arrebentada assim de pronto, cabeça no chão, sem sentidos, e os primos ajuntando e Rita dando chá e os filhos e sobri-

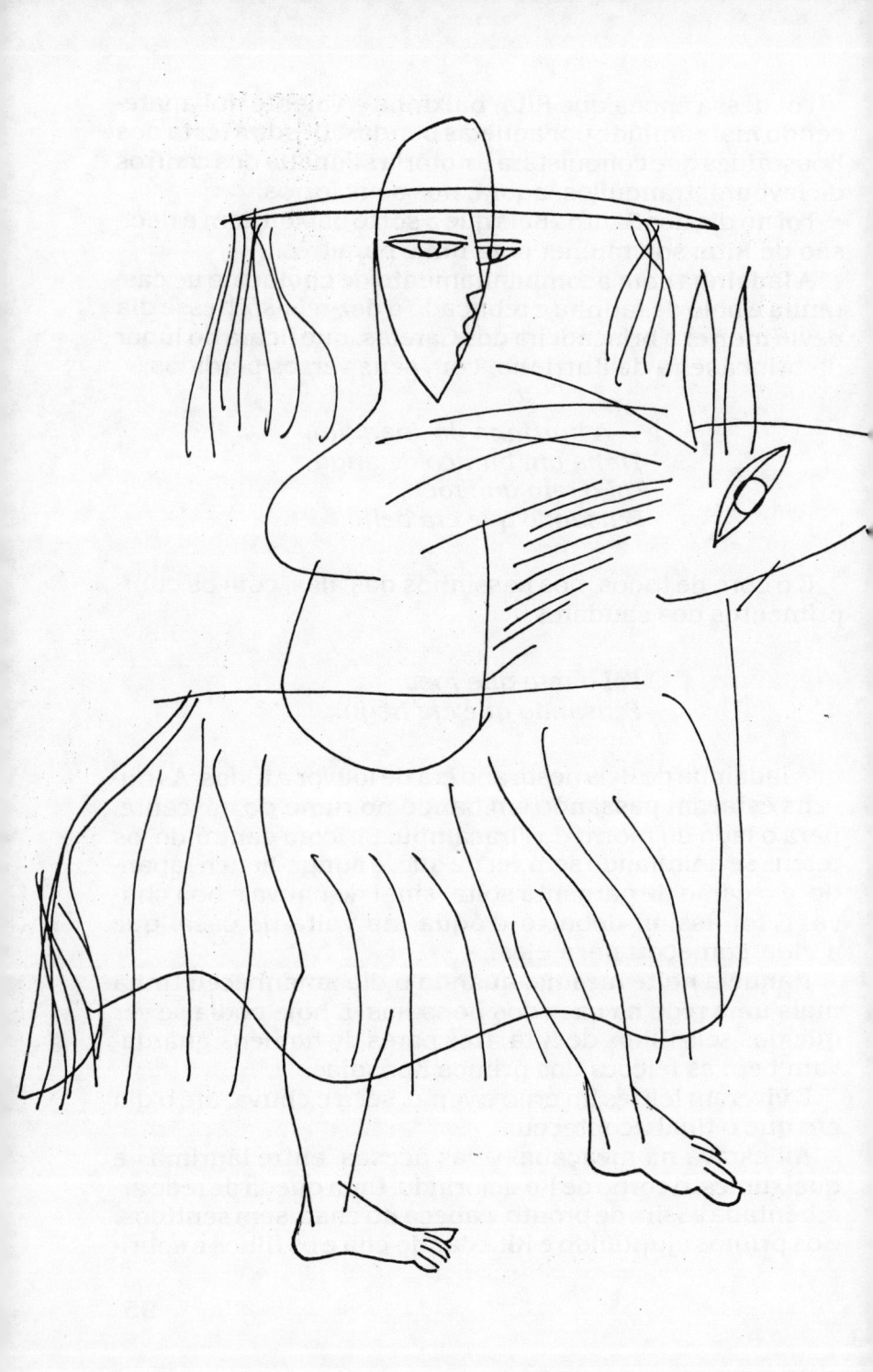

nhos e mulher e vizinhos buscando salvar seu corpo, porque a alma todos sabiam que seu caminho era o céu.

E agora Florismélio, depois da morte do primo, há dez dias definhava de convulsos que não paravam. Todos os cheiros foram buscados e ninguém descobria. Florismélio entrava dia e noite sem comer nem beber, soluçando e espirrando, agora mais fraco, bem fraquinho.

— É cheiro de unha?
— Não, são saudades de Rosiclorindo...
— Levanta, primo, me cheira para matar o banzo — dizia Brasavorto.

Mas nada era possível.
— Saudades do Rosiclorindo.

E assim fechou os olhos. Maria Jerumenha, a que cantava as incelências, não resistiu. Parou e pediu:

— Gente, alma boa assim como de seu Florismélio merece bendita de virgem. Se ele fosse mulher eu jurava que estava na corte dos anjos, ao lado das onze mil.

Ninguém respondeu nada. No silêncio do corrido da mata a cantiga longa do azarento chamando defunto: *buraco feito, bem feito*. Jerumenha recomeçou:

> — *São três espadas de dor*
> *no coração de Jesus,*
> *são três chagas de pavor*
> *nas quatro pontas da cruz.*

Rita chegou perto. Ali estava o pai bondoso de dois dos seus filhos e tio de quatro. Seu peito ainda padecia dos soluços dos cheiros de unha e dente.

— Morreu como um passarinho...

Brasavorto deu um grito, daqueles que todos conheciam. Houve um espanto geral. Ele mesmo explicou:

— O rosto do primo Florismélio 'tá parecendo cabeça de peixe. Cobre, cobre...

Rita pôs um lenço em cima. Ela estava quebrada pela vida. Começou o seu soluço também e apenas pôde consolar Brasavorto.

— Como é que nós podemos viver só dois, sem os primos Florismélio e Rosiclorindo.

— Como é, dona Rita...?
Mas foram felizes no resto dos dias e ainda assistiram os meninos ficarem homens e de homens fazer outras histórias dessas que têm cantigas:

— *Se Deus fez o homem assim,*
Pra que tu quer acabar.
Viva as estrelas do céu,
o quati e o sabiá...

OS BOASNOITES

"— Que é que tem d. Branca, que amanhece tão descorada?
"— Água fria, senhor pai, que bebi de madrugada."

(Romance de d. Branca, lição de Caxias, recolhida por Luci Teixeira.)

"Três coisas neste mundo não se pode contar: as estrelas, pau torto e gente besta."

Provérbio do Maranhão

AFINAL, homens, dizei: os Boasnoites quem são?
— São os Boasnoites, que são por ser.
E não bem boca fechava, a poeira vinha subindo no campo seco de verão torado, na correria das patas, no levantar do vento, na cantoria navegando aos embalos do capim, como se a voz pousasse aqui e acolá de haste em haste, buscando ouvidos e corações, no verde dos campos dos Perises que não se perdem nunca e se diz que só acabam na porta do céu. Lá vêm Amordemais, Dordavida e Flordasina, todos Boasnoites, carnais parentes de sangue, de cantoria, faca e viola.
— E quem são essas prendas?
Gente como nós, encantados do amor da terra, das aguadas e dos campos, dos bichos e dos homens. De carne e osso, cantadores amantes. São cavalos, arreios, violas, vozes fundas, chapéus enfeitados, goelas firmes na tiquira, são trotes, marchas, galopes, e são puídas intermináveis, caracóis que se enlaçam em meio à planície, são dias e noites tecidas desse tecido dos maranhões alagados e secos dos tesos e dos lagos.

> *Cheguei, chegado, chegamos,*
> *somos nós três nesta terra,*
> *homens, mulheres, saudamos,*
> *do mar, do campo, da serra.*

É a voz do Flordasina no travar do pampa de ventas abertas e os redemoinhos de poeira e do povo chegando na ramada, onde aportam.

> *Do mar, do campo, da serra*
> *venho trazer meu cantar,*
> *canto a paz, não canto a guerra*
> *viva o povo do lugar.*

É Dordavida marcando firme, no fecho do verso que sai devagar, os olhos parados nos lábios do Amordemais que começa, formando os três, o fecho da chegada:

> *Viva o povo do lugar,*
> *em meu cavalo velejando,*
> *de dores do desamar,*
> *cada dia mais amando...*

Eram os Boasnoites e os povos ouvintes, sendo saudados, saudavam aqueles que corriam os campos em vaquejadas de violas e sagas.

Onde nasceram, quando surgiram ninguém sabia. Eram encantados de alguma baixa de campineira e tinham brotado nestes campos do Meio-Norte que começam nas bocas do Mearim, se alastram pelas planícies buscando as margens do Pindaré, do Grajaú, do Pericumã, do Aurá, da baía de Cumã até a foz do Flores, e só se acabam quando a terra começa a ter montanhas, nas bandas do Grajaú ou no lago da Pedra, ou antes mesmo depois do Açu, quando os morretes de Pedreiras, do poção de Pedra, do bacuri da Linha aparecem. Ou, então, campinas altas dos caminhos do Maracaçumé, quando o Peito de Moça — aqueles dois morros vêm: é a chapada de pasto sombrio, dos campos de urucurana, onde capins baixos e frios com medo do sol se escondem entre as árvores ralas.

Surgiram destas terras e ninguém sabe donde vêm. Vêm do chão, cantam e riem e galopam, sem pão e sem medo, bebendo e vivendo, que de beber e viver vivem.

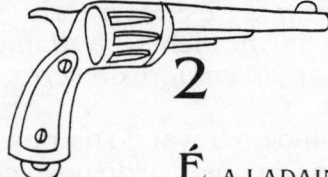

2

É A LADAINHA do são Sebastião, na Fazenda do Engenho da Prata Limpa, lugar escon-

dido na enseada do Alaga-Boi, onde as voltas dos campos do Carmo encostam bem na terra dos tesos elevados, onde o babaçu se apruma e não só ele como as essências que gostam de duas coisas: sol e água. É a casa do duro, cedro valente para machado e plaina, da maçaranduba, andiroba, parapará, parinari, sorva-doce, louro-branco, pau-roxo, angelim-rajado, ingarana e todas mais que Deus fez.

A ramada grande espera os romeiros. Bandeiras, ariris e juçaras enfeitam a entrada do pátio aberto onde a vaqueirama se ajunta. As primeiras chuvas já chuviscaram. Desde a data da Conceição que o inverno vem avisando que este ano vai ter pasto até longe e fartura de todo vivente d'água e também jaçanãs. O rebanho de nuvens de lãs cinzentas vem passando do nascente toda tarde. Ao depois da festa de são Sebastião, neste janeiro, ninguém agüentará os rios do céu descendo pelos campos.

Os Boasnoites teriam de chegar, convidados e convidando. Amordemais preparara o alazão doirado com muitas lavagens de mão correndo no pêlo, depois do suador. E Dordavida com o poldro queimado, da primeira muda, árdego nas esporas e espantado no chicote. Flordasina e o pampa calçado de três pernas, bonito e roncador, um pouco cachimbeiro, mas de bons modos, dócil e seguro. Às alvíssaras dadas, o povo foi respondendo nos *bens-vindos seus Boas, tejam em casa, se abanquem, armem rede e vivas que já chegaram.*

O leilão do santo estava no grito das primeiras prendas. Amordemais ouviu o pregão:

— Uma gaiola de nambu!

— Uma gaiola de nambu! uma gaiola, uma... duas...

Sua cabeça rodopiou no caminho da lembrança escondida, os lembrares de um leilão também de festa, também de nambu, de banana-de-são-tomé, de galinha tô-fraco, catraio chamado de angola, mãos de arroz, pipiras, graúnas, rolinhas fogo-pagou, japiaçoca e outras tantas besteiras que se dão louvor em ladainhas.

Amordemais começou sua vida andando depois desse leilão que estava guardado na cabeça. O louvor era de são

Matias, padroeiro da vila, em cujas redondezas viu a luz do dia e a bênção de mãe.

Ele vendera o ano de trabalho da roça. Alqueires de arroz transformados em dinheiro para pagar os débitos dos aviamentos ao quitandeiro de perto. Dívidas de fumo, açúcar, café, sabão, uma muda de roupa e umas cuias de farinha.

A dolma azul, do brim tico-tico, encorpada, castigando engomada o pescoço. E o olhar solto em cima das mulheres que estavam vendo os lances.

— Uma cambada de jurará
uma, duas...

E o repique:

— Quem dá mais...
quem dá mais?

A Frasmamédia, mulher do delegado, de venta aberta e olhos, corre-costa, nos seus dezoito, tinha a visão solta na testa dos homens. Amordemais segurava firme no bolso o dinheiro do arroz vendido.

O pregão veio. Era uma rosa entre folhas, presente para são Matias.

— Uma rosa, uma rosa,
quem faz o lance?

A Frasmamédia olhava Amordemais.

— Um mil-réis.
— Dois, três, cinco...

O sacristão bateu dez. Amordemais entrou na disputa e perdeu o amor da roça. Todo o trabalho do ano e mais a conquista do título de boleiro, sem ter como pagar as contas. Mas não teve dúvida.

— Arremato eu. O dinheiro de cem alqueires de arroz.

Houve uma parada geral. Uma rosa por tal preço, mais mesmo do que o novilho araçá doado pelo dono da Fazenda Vale-Quem-Tem.

— A rosa é minha... eu ofereço a dona Frasmamédia — foi sua voz, com as cédulas todas na mão.

Em seguida, sem dinheiro e sem destino, Amordemais foi saindo com a Frasmamédia de lado, os olhos pudicos e só o tempo de umas palavras de conquista, assim de escondido no fundo do largo, montá-la na garupa do cavalo, e partir no mão-quebrada, a se esconder nas taperas e capoeiras com a mulher do delegado que chorava e amava no galope do alazão.

Desde esse dia sua vida e sua sina foi correr beirada, encantar-se nos campos em brigas de cantoria e em furtos de moça e casada, artes em que vivia de coração sempre partido e partindo. A Frasmamédia, depois voltada para a casa a pedir perdão, apanhar duas surras e viver seus dias pensando numa rosa de leilão, nos cantos de Amordemais e soluços do abandono, acordar sozinha e caminhando a pé, jurando males da cabeça e sem saber o que fez do corpo e da alma.

Todas e muitas passaram a contar a mesma história. Amordemais sorria e lançava a quadra:

> — A soluçar mulher vem,
> a soluçar mulher vai,
> soluços que mulher tem
> são dores que vêm e vai...

3

E FOI por casos tais, estes e outros, que os três se encontraram. Dordavida dizia sempre:

— Compadre Amordemais, seus olhos quando eu vi, meus olhos vendo os seus, disse de mim para eu mesmo: *taí, amigo encontrei agora.*

E Amordemais não regateava no mesmo pé a língua da resposta:

— Pois é, compadre Dordavida, foi nesse dia de quando eu vi seus olhos pousando dentro dos meus, disse para Amordemais: *taí, do meu sangue, amigo por quem eu me acabo em ponta de faca e espanto com meu encanto os mau-olhados que nele bateram...*

E Flordasina, o tímido, o da rabeca, de voz leve? Já andavam os outros dois quando os amigos se fizeram três e é ele quem diz:

— Pois compadres Dordavida e Amordemais. Depois do acontecido comigo eu andava dizendo a Deus que ia viver só de assombração, perdido mesmo. Foi quando eu vi esses quatro olhos, olhando nos meus dois, como se fossem cabresto no queixo de quartal. Então, eu disse de mim para o que já não era mais eu: *taí Flordasina, não te lamenta mais da vida, amigos tão aí, vai com eles e se espinho cravar em dois, que crave em três, com as dores da Virgem Maria.*

Desde então estavam juntos e juntos partiram. Flordasina tinha saído do acontecido e ainda guardava alguns traços da lembrança do cigano Gomélio. Fora tudo como um raio, caído assim de repente. Sua vida escorria lentamente, se fazendo homem, com os buços e penugens fortes cobrindo o corpo que começava a provar os primeiros gritos. Foi na troca de uma besta com o tio Badusino, aquele velho cheio de juntas grossas de dores demais nos tempos de chuva e que tinha por haveres da vida o dia e a noite e uma besta pedrês, boa de carga e de gente.

O cigano Gomélio, de conversa e artes de conversa, fez uma troca. Levou a besta do Badusino e mais umas cargas de farinha e deixou um cavalo velho, cego de um olho, de patim quebrado. O tio Badusino, depois de passar dos olhos a poeira das conversas do cigano, viu a besteira que tinha feito e foi desfazer o negócio.

Gomélio nem ouviu o velho e foi logo saindo e foi logo atentando. Badusino xingou, disse de tudo que podia dizer. O cigano safado avançou e meteu a mão no velho, quebrando cara e dando de pé. O sobrinho Flordasina soube da história ainda quente. O sangue lhe veio às ventas e só teve tempo de preparar a carga de espingarda e ficar atrás do pau, na espera do Gomélio com o bando e mais a besta pedrês do Badusino. E quando ele chegou o chumbo comeu, bem no peito, e depois a faca que passou a ser o seu instrumento de afeição.

Desde então Flordasina saiu a correr mundo, de princípio só e depois com os dois amigos. Dordavida veio por outros atalhos. Uma conta, coisas compradas na fazenda do seu Timélio. Corpo mole para pagar:

— Não tenho. Seu Timélio, a coisa 'tá ruim.

— Não tem para pagar, mas para beber cachaça o bolso está cheio. Vai roubar um cavalo e vem me pagar.

Conselho dado duas e três vezes e vontade não faltando, Dordavida assim fez.

— 'Taí, seu Timélio, o cavalo roubado pela conta...

— Mas esse cavalo é do meu lote. Mandei roubar de outro.

— Roubado já foi, agora se agüente com ele mesmo...

E assim Dordavida começou nas artes de apanhar cavalo e boi alheio pelos campos, para comer e vender, até o tempo em que, de perseguição em perseguição, saiu daquelas bandas e chegou naquele dia em que viu os dois olhos do Amordemais:

— *Taí, amigo encontrei agora.*

E em necessidades mesmo dessas histórias acontecia que eram parentes, da família dos Boasnoites, consangüínea dos Boastardes e afim dos Bonsdias, e por sorte dos seus pesares saíram a vagar mundo acima e abaixo nas artes do martelo, da embolada e do galope à beira-mar.

4

A LADAINHA de são Sebastião começou e nos arredores da festa a cantoria:

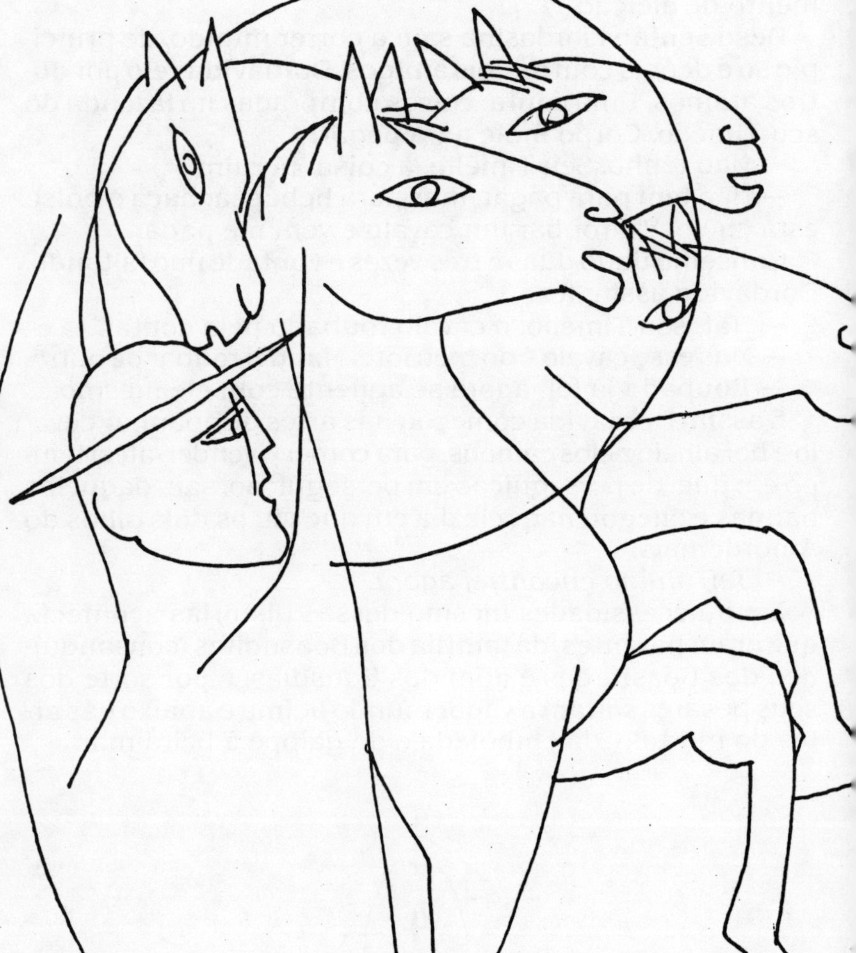

> — O homem é o rei da natureza,
> a mulher é a rainha da beleza,
> digo assim por artes tais,
> me arresponda quem souber
> o jumento qui é, qui é?

Dordavida, mão leve no violão, abriu no desafio. Amordemais não ficou atrás e respondeu:

> — Pois diga, compadre diga,
> estou aqui pra escutar.

Flordasina fechou:

> — Pois digo, não me arreceio,
> afirmo de coração,
> que jumento não sei não,
> mas jumenta, se é parida,
> e branda de cabeção,
> é tia do Dordavida,
> sobrinha da mãe do Cão...

Amordemais estava encolhido, seus temas e motivos eram de outro toque. Na cabeça os primeiros versos iam apeando:

> — Mulheres deste lugar,
> casada, moça e menina,
> 'tou aqui para cantar
> que meu canto é minha sina.
> As dores do desamor
> são flechas no coração
> sangrando de sete dor
> como são Sebastião.

Flordasina, não deixando passar mote, foi dizendo:

> — Como são Sebastião
> assim que tu vai ficar
> se nas mulheres daqui
> teus cantos quisé pousar.

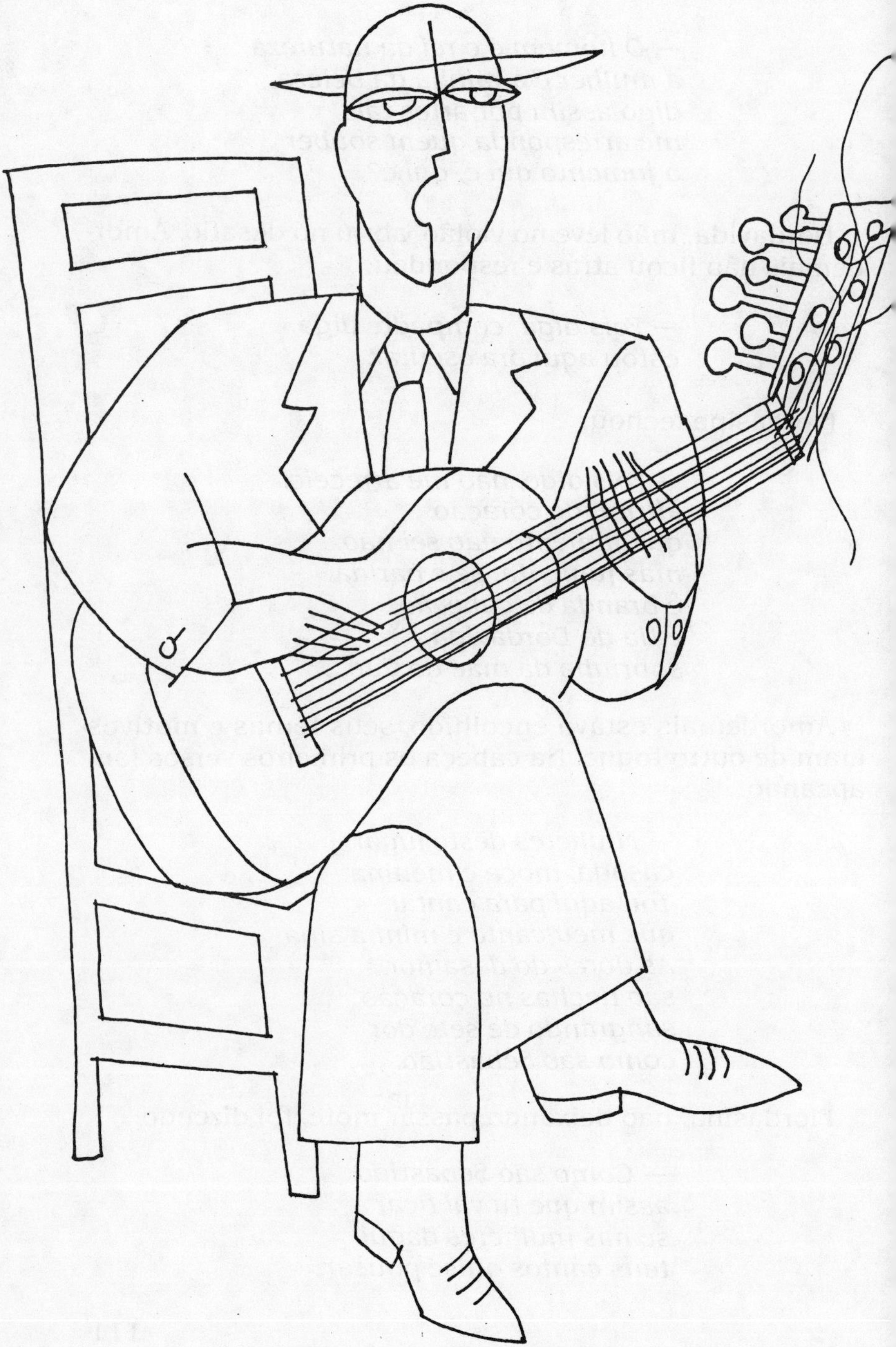

Amordemais afinou nas cordas de baixo e rodopiou para o final:

> — Se como Sebastião
> aqui tiver de ficar
> por cantar o jeito bom
> das mulheres do lugar,
> viva a morte, morra a vida,
> a vida morta duvida
> da vida que vai levar.

É o mar da cantoria. Com cachaça e viola, repente e romance, entremeada no meio do baile que ia e vinha como maré, nas altas e baixas, do quente dos homens e das mulheres também, ganhando a noite entre goles e pancadarias de palavras, pregões e rimas, trotear das mangações violentas ou das tiradas brandas, tudo de mistura com terra, bichos e pessoas.

As horas foram passando até que morre a noite, morre o baile, morre o desafio. A barra do dia vem surgindo escondida nas folhas dos palmeirais, o lusco-fusco das quatro ras. A Fazenda da Prata Limpa tinha o terreiro vazio, os corpos fartos dos louvores de são Sebastião dormiam pelas redes atadas por todos os galhos e barracões. Restava o vozerio dos atrasados, de línguas enroladas e conversas que não têm fim e se enroscam como cipó por todas as bandas.

Gugusto, de nascimento Agostinho, começou o balanço dos acontecimentos e das descobertas, e anunciou o primeiro achado da noite que findara:

— Seis moças perdidas!

E outra voz mais perto, forte e raivosa, do Zantelel, procurando a montaria aos berros:

— Roubaram meu cavalo com os arreios e os alforjes.

Adiante os gemidos do Gargalano, atrás da casa da festa, agora descoberto pela luz do dia, esfaqueado no escuro entre um pedido de acerto e conversas sorrateiras. O Gargalano, matador de gente, mais de dez mortes, abatido sem rastro, suplicando vela, e na despedida, bem no fundo da garganta, quase como que apenas sopro, a frase que todos mal ouviam:

— Maldito cantador!

Os olhos e os pensamentos voltaram para os Boasnoites. E o povo correu para o lugar onde se arrancharam. Os vizinhos acordados não davam notícia. Apenas os cantos de rede vazios e as notícias vagas: — *desde o fim do baile que se foram, mas se foram estão por perto, da mata da Justina não passaram, é já que são pegados.*

— Seis moças perdidas, um cavalo e um defunto! — repetia Gugusto a toda hora.

E saíram todos na perseguição de Dordavida, Flordasina e Amordemais, que, confiados nas lábias e nas rezas que possuíam — salmos e outras mágicas que escondem de polícia e perseguição —, iam despreocupados atravessando, nos cochilos da noite mal dormida, a mesma mata da Justina de que todos falavam. Aí foram presos e levados de volta para o terreiro da fazenda que dava visão para a enseada do Alaga-Boi. O povo tresnoitado continuava a festa querendo fazer justiça.

Eram três moirões, três homens amarrados, e agora, chegando para juntar-se ao povo, azares desses que acontecem, a volante da polícia que tinha por comandante um sargento graduado nas artes de correr estradas prendendo e batendo, matando e morrendo, que para isso são feitas as volantes que assaltam e desarmam faca, facão, revólver e manopla, pórrete e navalha, e cobram carceragens e foros.

Não custou para Amordemais, mesmo com o tempo decorrido, reconhecer no sargento o marido da Frasmamédia.

— Sua gente, não fomos nós — Dordavida abriu a defesa.

— Foi, não foi, a vez é esta de acabar com vocês — respondeu o sargento.

— Eu não matei o Gargalano; 'tava falando com ele no escuro para prevenir que os filhos do barbeiro que ele matou na Barriguda, o mais velho deles, o Zezé, cabeceira dos quatorze que ficaram sem pai, 'tava vindo no rastro...

— E alguém viu o Zezé aqui? — o sargento voltou.

— Ninguém viu — responderam.

— Pois bem, minha gente — Dordavida pediu —, me solte que eu vou buscar o Zezé e amanhã cedo 'tou com ele aqui.

— Pois sim, rouxinol sem pena, que nós vamos te soltar!

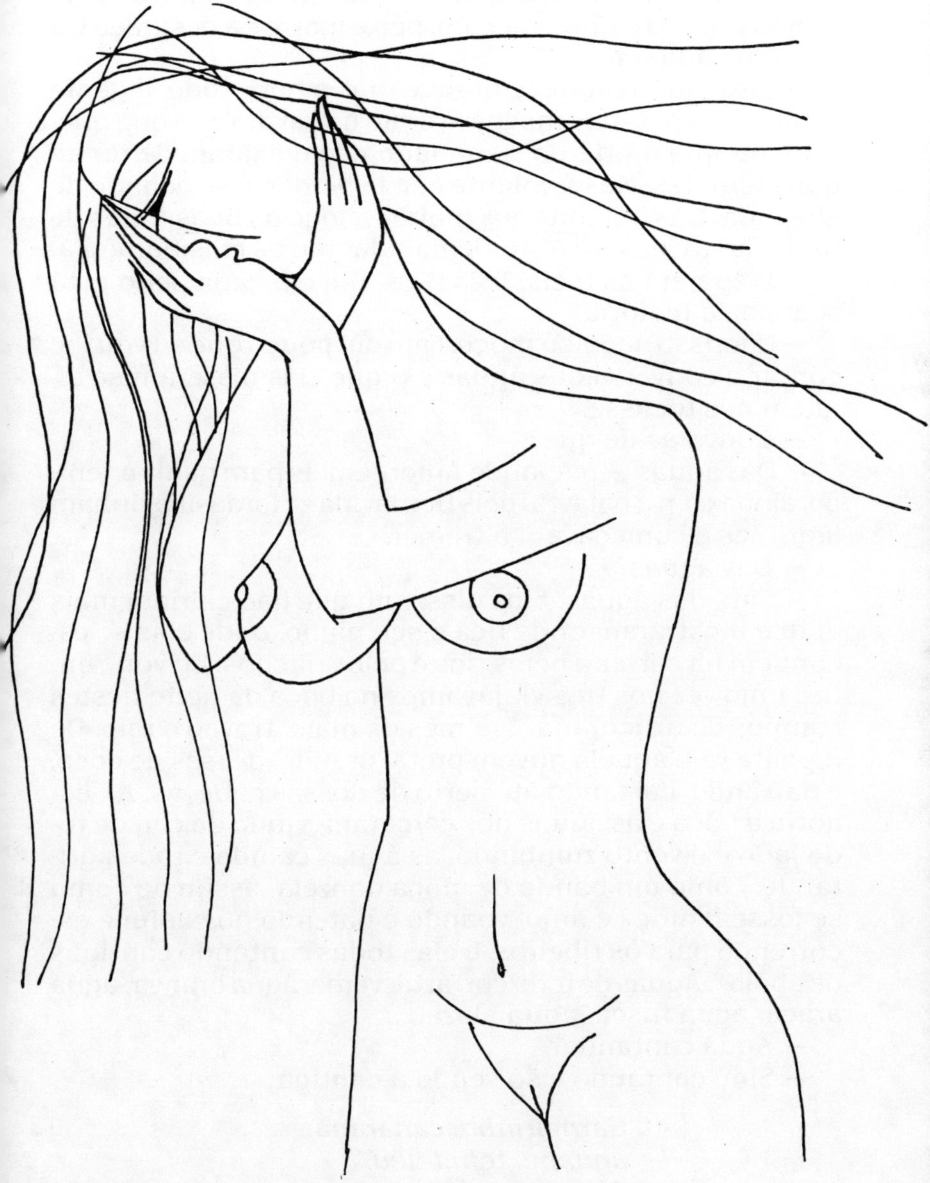

Foi aí que Amordemais falou certo e duro:
— Pois vocês fiquem sabendo que nós somos encantados. Se vocês nos tocarem, a peste bubônica vai chegar, chuva não vem, os campos secam, peixe morre e a desgraça vai cair em cada um.

O sargento rosnou de grande mas o povo todo, a gente da festa, os pais das moças, o dono do cavalo e os que queriam punir a morte do Gargalano não deixaram de ter alguns temores. Mas a volante não ia perder esse achado de chegada: três homens nos moirões, logo os Boasnoites de tanta fama e neles o Amordemais, ladrão da Frasmamédia.

— Preparem os fuzis. Três tiros, um em cada peito e 'tá acabada a história.

— Não, isso não, seu moço. Pare um pouco que eu vou lhe contar a conversa das águas e o que elas disseram se alguém nos tocasse.

— Conversa de quê?

— Das águas — responde Amordemais para ganhar tempo, ainda com a palavra, pois Dordavida e Flordasina tinham lágrimas e começavam a tremer.

— Das águas?

— Sim, das águas. Elas disseram que não cairiam mais aqui e mostraram onde fica o seu ninho, onde elas se escondem na carreira pelos rios e pelos riachos. Eu vou contar: uma vez nós três viajávamos na boca da noite nestes campos de urucurana. Era mês de maio, trovão e raio. De repente veio aquela nuvem preta, grande, dessas de cocó, e baixando, baixando até perto de nossas cabeças. Aí, ela abriu a boca e as águas nos cercaram, vindo do céu de todo lado e o vento zumbindo, as águas caindo e todas gritando, como um bando de moça donzela, assim de como se fossem moça e anjo, voando e batendo no capim e escorrendo para os ribeiros, e elas todas cantando cantigas de aboio... Águas de toda cor, azul, verde, água branca, água araçá, água fusca, água alazão...

— Água cantando?

— Sim, cantando e só vendo a cantiga:

> *Carneirinho, canarana,*
> *aguapé, teju, tetéu.*
> *Ai, campos de urucurana.*

— E os outros ouviram a voz das águas?
— Ouvimos — disseram Dordavida e Flordasina.
— Aí — continuou Amordemais —, veio um bando de águas escorrendo do lado de cima. Vinham apressadas e gemendo. Estavam feridas. Tinham passado em paturá e foram sendo cortadas. Uma dizia *ai minhas mãos* e a outra *coitada de mim* e todas pediam *tomara que cheguemos em casa*. E então estavam chegando e iam empurrando as águas amarelas e as que escorriam para ver quem primeiro chegava ao leito do igarapé. Foi aí que eu perguntei à Mãe das Águas, a nuvem grande que despejava as águas moças em nossas cabeças:
— Onde é tua morada?
— No céu de baixo. É de lá que eu trago as chuvas.

O sargento mirava os truques, vendo que os Boasnoites ganhavam tempo e ouvidos, já encantados pela conversa das águas.
— Acaba logo com essa história das águas, vamos, acaba logo.
— Eu não posso, senão o povo fica sem saber onde é a morada do inverno. Onde vai ser bom fazer açude para peixe e gado; e as enseadas que ficarão com pasto; onde o terreno é bom de poço e cacimba, onde as águas que não prestam dormem e onde as boas águas acordam. Elas me disseram e eu sei o lugar, vamos lá que eu vou mostrar...
— E eu sei a história das abelhas — disse Dordavida, também para alongar o tempo.
— E eu sei a história da morte — atalhou o sargento.
Dordavida continuou:
— Era uma vez uma viagem que nós fizemos. Debaixo de um pé de gonçalo-alves, eu estava fazendo um fogo ligeiro com âmago de pau-d'arco. Foi quando eu ouvi uma conversinha como de flor, leve, como papel de seda: *eu queria ser borboleta e eu queria ser folha, folha verde, dessas folhinhas de broto*. Encostei o ouvido e levantei os olhos. Era uma casa de abelha-uruçu, amarelinhas como elas são. Tiúba, eu disse comigo mesmo, não conversava assim. Então ouvi a abelha dizer: *eu não queria ser tiúba, é muito feia, tem a cor preta, quase cinzenta*, e a outra respondia, *eu queria ser abelha moça-branca, com aquele amarelo branco*, e a outra,

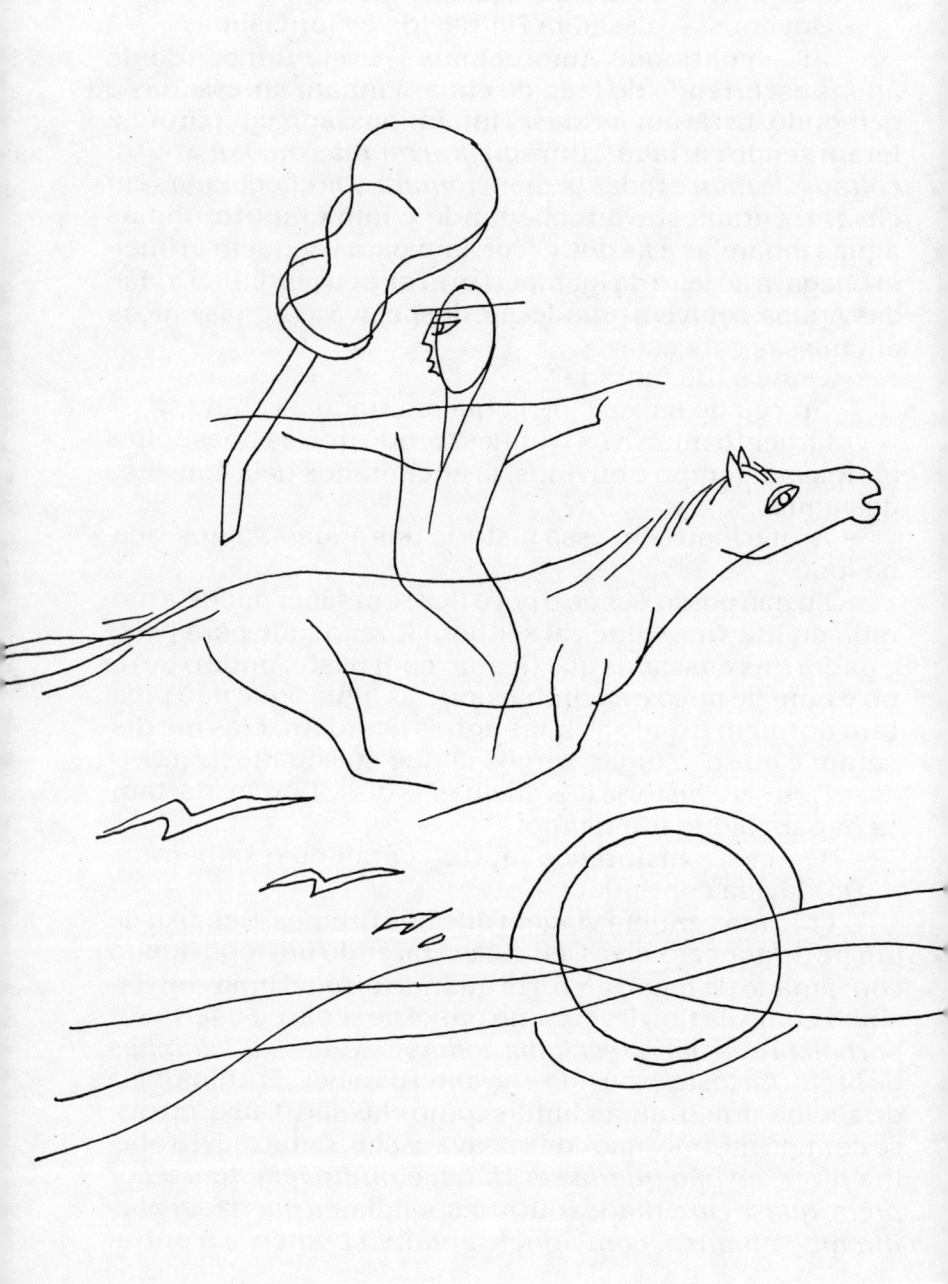

pois eu queria ser jandaíra, fogoió, vermelho e escura, e como ela zumbir, e cair nos cabelos...

— E eu — atalhou Flordasina — ouvi conversa de marimbondo. De toda espécie de marimbondo: boca-torta, taturana, caboclo, leão, surrão, tapi, chapéu, pouca-família, dourado, costa-amarela (valente que só sargento) que tem uma estrela nas costas e nele só se vai como fogo. Eu vi um enxu dizer: *meu mel é melhor que o mel das abelhas e, se eu não fosse marimbondo, queria ser um socó-birro.*

— Logo socó-birro? — perguntou o sargento.

— Eu também perguntei e ele disse: *é porque é leve, só tem pescoço e dez dá um quilo.*

O tempo passava e os Boasnoites contavam as conversas da natureza. Os homens e mulheres ouviam. O sargento estava com gosto de sangue.

— Pois é, nós falamos com os bichos e as águas porque temos parte com o Encantado. Tocou nos Boasnoites, a maldição vem logo.

— Pois quem vai tocar em vocês é bala — foi tudo que disse o sargento.

— Pois bem — Amordemais tinha os olhos vidrados e a língua doce —, bala mata esse corpo mas não acaba com nossa vida.

— E o que acontece?

— Nós vamos virar jaburu, saímos destes moirões voando e vamos dizer à Mãe das Águas para se afastar destas bandas, e a morte vai chegar. Em cada casa um caixão, nos campos ossada de borrego e as aves do céu seco de fogo serão jereba e urubuxengo.

O povo parou. Não se ouvia cantiga de carapanã. Amordemais deu a ordem que a gente estava preparada para receber:

— Peguem o sargento senão ele joga a desgraça na Prata Limpa e atrai as raivas da Mãe das Águas. Ele é o Satanás.

As seis moças perdidas foram as primeiras que correram para o sargento e o sargento correu para o barracão e os homens e mulheres correram para desamarrar os Boasnoites. Ouviram-se tiros, correrias, gritos e preces. Flordasina incentivava:

— Nós vamos nos três cavalos na casa das águas para que elas venham para estas terras amanhã cedo e o povo vai ter roça grande, peixe muito, jaçanã, japiaçoca, paturi, carão.
Amordemais repetiu a quadra:

> — Viva o povo do lugar
> em meu cavalo velejando
> de dores do desamar
> cada dia mais amando.

A poeira levantou grande e cresceu acima do campo verde. Uns viam três homens, outros três jaburus e outros mais uma nuvem preta e grande. O vento trazia nos embalos do capim a voz de Dordavida, pousando aqui e acolá:
— Eta Maranhão grande aberto sem porteira...

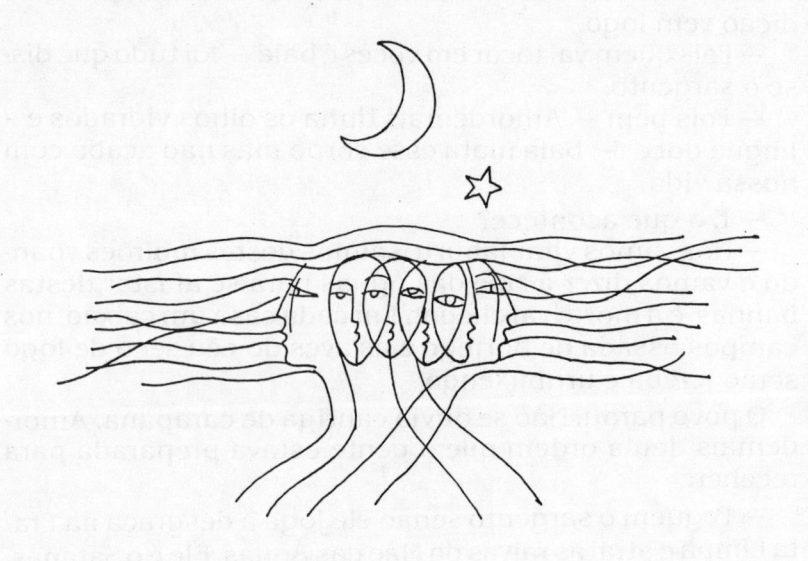

MERÍCIA DO RIACHO BEM-QUERER

"São duas incelências
Da estrela madame:
Alecrim verdadeiro
Rosa, mãe-gerome."
(Incelência —
Buriti da Inácia)

As Cajazeiras, fazenda antiga e longe: sessenta léguas no rumo do Maranhão das outras bandas, este que vai enviesado na direção do Gurupi. O casarão grande e espichado como jabota, com seu varandão de abas caídas, telhas pretas e pesadas. Ao lado a loja de secos e molhados, miudezas e fazendas. Cavalos na porta, tropeiros, tropas, burros, jumentos, e os homens no meio. Cargas de babaçu e de arroz. Pesa e faz as contas, avia e volta. O estalo dos relhos no lombo dos animais.

— Tropeiro bom escolhe a costa do burro em que o chicote estala, chicote de cinco metros e de ponta fina...

— Olha o João de Maria...

— O melhor tropeiro das redondezas. Com ele a carga é logo...

E João de Maria:

— Ei *Balancina*, burra dengosa, chega...

E o encaracolado da sola zumbindo no ar, misturado com o rumor dos cascos e dos chocalhos pendurados, tinidores.

— Oi *Baronesa*, caminha, a volta é breve...

— Volta, *Morena*... Oi, oi, *Morena, Morena*...

E lá seguia a tropa pegando o caminho, a puída estreita de voltas, que volteava alagados e altos, atravessando os riachos e as barreiras já desbarradas no tropel de todos os dias e de todos os anos.

Cipriano Eldorado Feitosa comandava tudo. Coronel de patente e de palavra. De patente, porque herdeiro de um título que seu pai recebera da Guarda Nacional, e de palavra, porque esta era o princípio e o fim de seus atos.

— "Não tolero cabra safado nem mentira."

Era assim. Sua fala, um tiro. De poucos rodeios. A mulher que era sua, quando o via e ouvia tremia dos pés à cabeça. Filhas e filhos também. Cipriano tinha seu código e feitios, e dentro da alma as leis dos sertões do Norte. Leis que tinham gestos de ternura, heroísmo, batalhas e sentenças de morte. Seus negócios eram corretos. Sua balança não pesava nem mais nem menos, e suas contas de aviados iam ao vintém. O corpo guardava a esbelta figura que fora na juventude, pleno desses mandamentos que estavam na pele, nos olhos, nos lábios, nos ossos. Para justificar essa rigidez agressiva, dizia sempre:

— *Eu inda comi carne de meia-pataca...*

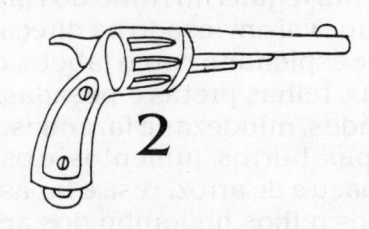

2

SEU CORAÇÃO era áspero, mas claro. Palavras cristalinas.

(— Seu Coronel Cipriano, venho pedir um adjutório. Minha mulher 'tá doente, desejo levar à cidade para se tratar. O senhor me empresta e eu pagarei dos gêneros de minha roça.

— Tua roça não permite tratar mulher na cidade. Deus não te deu situação para isso. Vai no chá de raiz. Se não curar, deixa morrer e casa de novo.

— Obrigado, seu Cipriano. Deus lhe ajude.)

Assim era. Um dia um compadre veio avisá-lo, entre lamuriento e tardo:

— Seu Cipriano, o Mário da Paulina fez mal para a Zuca, sua afilhada. Vim pedir vosmicê pra ele casar.

Cipriano corou:

— Compadre, o senhor está ficando sem-vergonha. Isso é conversa? Olhe, compadre, vá matar o Mário e venha me pedir para não ir para a cadeia, mas não peça uma coisa dessa.

E encerrou sem rodeios:

— Compadre, você está ficando um homem sem-vergonha!
Dois dias depois, voltava o compadre:
— A Zuca casa amanhã mais o Mário. Dei o acocho, coronel.
— 'Tá bem, compadre, não me fale mais nisso.
A tarde das Cajazeiras, como toda tarde de sertão, é tropel, poeira e bichos. Cipriano ainda não fechara a loja. Os caixeiros estavam aviando, fazendo contas.
— Três cargas. Cento e oitenta e nove quilos. Seis de tara e três de quebra.
— Despeja no paiol.
— Três de fumo, dois de querosene. Pólvora, chumbo, linha...
— A fazenda não vai?
— Vai também. A de ramagem grande.

3

PEDROCA era filho de Quirina, preta bonita. Mulato alto e bem lançado, músculos fortes, pele aberta, fazia conta rápida e ria de leve, com aqueles dentes grandes, alvos, perfeitos. Era tímido e a freguesia gostava de ser aviada por ele. Não sujava o balcão quando atirava nos pratos da balança farinha ou sal. Chamava o velho Cipriano de padrinho e há alguns quatro anos trabalhava nos aviados. Sua folga para a vida era somente a tarde de domingo, a única em que a loja ficava fechada. Mas dormia feliz toda a noite, depois das sete, às vezes oito, às vezes nove (quando a tropa vinha da Mata Velha, e era muita carga de coco, às dez), pesando amêndoas e pesando farinha, naquele cheiro de babaçu, cheiro forte, que embriaga, que azeda. E como é quente o calor que vem dos arrumados e que inunda o armazém e esquenta a mão. Depois, a brisa da noite é boa. Melhor o banho que vai tomar, o caminho do poço, com a lamparina de tocha grande, o sabão de andiroba para arredar o pixé, a coité e o balde. O pau está atravessado na boca do poço. Tem sempre sapo, o caçote, preto, comprido, sapo mesmo de poço, e a sunga-nenen, jia fria, que pula nas costas e que rapa.

Chega, tira a roupa, três baldes de água fria, a corda longa no timbum do fundo, puxando nas braçadas. O sabão tira o suor. E dá sensação de nascer de novo. Agora tudo é mais fresco. Mais dois baldes. Escorre a mão pelo corpo, retirando a água, enxugando, de cima para baixo, para o lado e para a frente. Põe o xamató, a camisa lavada cheirosa a limpo, e tudo é puro: o vento que vem, o corpo, a terra, a noite, as estrelas. O céu está ali em cima. Céu do Maranhão grande, do luar espraiando que cai como tarrafa em cima das plantas, a gente olha quando ele desce com a noite, rápido, e vai indo e vindo.

Pedroca está feliz. Trabalha na casa do coronel Cipriano, é estimado, cumpre a lei dos deveres e de noite vai para a rede, tendo o seu prato feito, no varandão de fora, onde comem as crias e os vaqueiros. Sai banhado para guardar no depósito, onde dorme com os outros empregados, o seu sabão e a muda de roupa. Quem lava é a Joaquina, preta grande e esguia, e que bate, no riacho, onde as meninas também banham, no porto das mulheres. Quando era menino bem menor, Pedroca matou um vinvim, raspou a cabeça e foi tentar jogar o pó no cuspo da Divina, filha do João Precata. Foi de noite, de mansinho, no porto das mulheres. Deu sede, não descobriu o banco onde Divina batia, mas botou ali mesmo o pó da cabeça do vinvim. Foi beber água. Afastou com a mão o sujo, fez a concha e aparou. A água tinha o gosto das moças, era mais gostosa. Contou aos companheiros. Depois disso, quando iam passarinhar no mato, só bebiam do riacho, depois do porto das moças, para sentir o gosto das cunhãs. Agora era homem que podia procurar mulher. Dois mil-réis era o preço da Fogoió duas léguas abaixo, fora das terras do coronel Cipriano. Tinha noite que ele ia, mas custava.

Na volta do poço, a bóia esperava. Prato alto, de cocó, metade arroz, metade farinha, farinha-d'água, amarela, caroçuda, com uns pedaços de folha de araruta do paneiro. Em cima, a tira de carne assada. Outras vezes, paçoca de anta, outras de veado, outras macaxeira e tarira assada na brasa, sem o acompanhamento do arroz, só farinha com água. Depois a conversa de sempre:

— Você viu como Raimundo chegou puxando fogo?
— Também pudera, não é que ele trocou a besta que tinha lustrim por um jumento grande.
— Era aquele que trouxe com a carga de curimatã?
— Aquele mesmo.
— Aquilo é caboclo de sorte, num lembra o caso da faca?
— Lembro, sim.
— Quando o Jeremias balançou o ferro a ponta escorregou na fivela do cinto e só fez cortar a barriga por riba.
— Escapar da faca do Jeremias é difícil?
— Mas porém Jeremias estava bêbado de meladinha.
— Foi num foi, o certo é que escapou, e tá vivo.
— Jeremias já se foi...
— É que o dia dele chegou.
— Dia de valente chega cedo.
— Mas dá para fazer perversidade.

Pedroca alinhava a conversa assim como quem não está interessado, comendo com a mão, fazendo sua arrumação de arroz e farinha, bem-feita, para atirar na boca aberta. Depois, lavar a mão no jirau e voltar.

— Você sabe que o Raimundo, toda vez que passa na cova do Jeremias, mija em cima?
— Num sabia, nhô não.
— Pois saiba. É o jeito que ele tem de vingar as sortes daquela noite.
— Compadre, você já viu a pisadura que tá no lombo daquela burra rosilha?
— Vi, tá com jeito de estar dando bicheira.
— De manhã nós vamos curar. Espremer e sarar com bolor de farinha.

4

Na varanda de cima da casa-grande, o coronel Cipriano descansava no embalo da cadeira de lona, com os pés estirados. A mulher a guardar

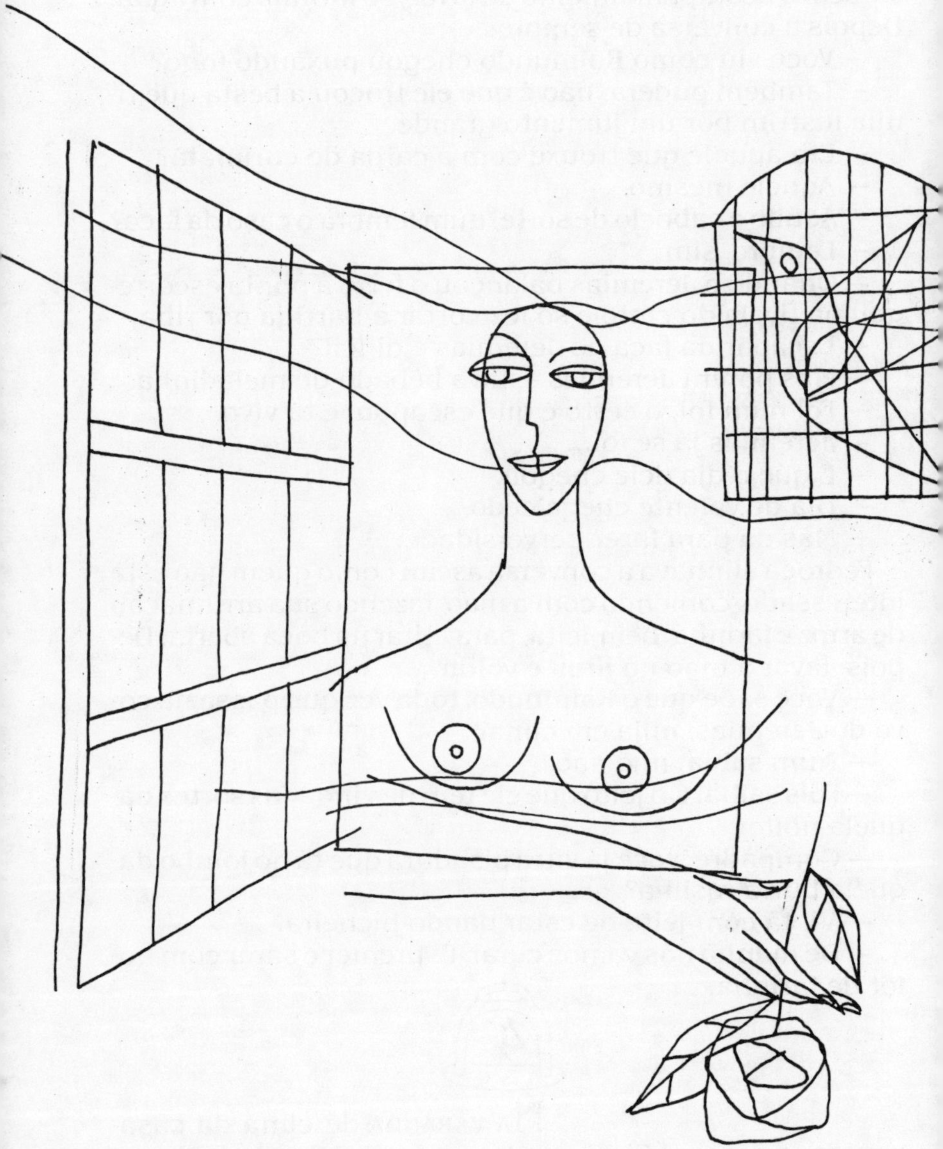

as coisas da mesa e as meninas também: Divina e Gertrudes. Merícia era a do meio. Mais arredia, debruçada no parapeito do varandão, olhava para a cozinha dos empregados. Nos seus dezenove anos, bem viçosa. De quadris largos, alta, seios levantados, cabelos pretos, olhos rasgados, os traços do pai. Ali estava o porte e aquele ar voluntarioso e firme. Fazia croché, fazia bolos, fazia doces, escrevia cartas e duas ou três vezes no ano, nas festas de igreja, ia ao arraial da vila e passeava no largo, olhava e dançava no baile da casa do juiz. Divina, a mais velha, estava de casamento marcado. Um primo que fora o escolhido. Rapaz trabalhador, com situação próspera, bom aviamento e várias roças. Cipriano concordara e tudo estava marcado. Ao todo tinham-se visto umas dez vezes nas festas e nas visitas. A irmãs estavam ajudando no enxoval. Rendas, com feitios e babados de ponta redonda, bordadas com carinho, rendas para camisolas, para anáguas, e para peitilhos, bem apertados, para não mostrar a forma dos seios.

— *Mulher deve sair de casa para três coisas: batizar, casar e enterrar* — resumia Cipriano a sua teoria sobre a fêmea.

Seu ciúme das moças era como uma planta no mundo das Cajazeiras. A mãe, a mulher, a avó, todas as mulheres que conhecera só tinham um caminho, o de casa.

— *Mulher foi feita para servir ao homem!*

Merícia ouvia sempre isso. Em toda a vida, poucas vezes tivera uma conversa com o pai. Suas irmãs, também. E todos diziam que ela era a predileta. Não sabia bem por que, mas, no fundo, sempre discordava de tudo aquilo que o velho falava. Desejava que o mundo fosse diferente. Alguns anos antes, arriscara um pedido.

— Eu queria estudar.

O coronel Cipriano fechou a cara. Mulher não precisava saber de muita coisa. Afinal, sua mãe nem escrevia o nome, e elas já sabiam escrever, leitura e contar. Sair das vistas dele e da mulher para ir aprender? Aquilo era o mesmo que uma punhalada nos seus conceitos. Quem colocara isso na cabeça daquela menina? Quem mandara fazer um pedido daqueles?

— Davina, você mandou Merícia pedir isso?
— Juro por Deus que não — respondeu a mulher.

Merícia ficou calada. Tinha a arrogância que era dele e desejava ter vontades.

— Davina — numa noite em que estava de bom humor —, é preciso ver casamento para a Merícia e a Gertrudes. O caso da Divina está resolvido. Escolher gente da nossa igualha.

— Quando você for à vila, tome conselho com o primo Zecão — respondeu suavemente dona Davina.

Merícia estava ali, olhando do varandão a comida dos empregados. Seu rosto não era bonito, mas sugeria gosto e desejo. *Seria que o mundo fosse aquilo?* perguntava a si mesma. As Cajazeiras, com os carros de bois, as tropas de burro, o cheiro do babaçu? Seria o mundo? E a voz do pai, os olhos do pai, as leis do pai seriam as leis que governavam o mundo? Deviam ser, mas o coração reagia. Havia dentro uma força, um calor mais forte que o dos montes de amêndoas de babaçu, e, como nos paióis, quanto mais no fundo mais quentes. Ali estava, ao longe, o Pedroca. Da sua idade, mulato limpo, de pele esticada, vendendo sabão e comendo na varanda dos empregados. Pedroca um dia lhe dera de presente um corrupião, numa gaiola de buriti, bem trabalhada. Era manso, assobiava e cantava na mão. Um dia desapareceu, comido por gato ou rato. Pedroca era simpático, tinha dentes firmes, músculos fortes e era tímido. Merícia olhou adiante Joaquim, olhou Marcionílio, olhou todos os empregados. Voltou a olhar para o Pedroca, Pedroca da Quirina, e, sem saber bem por quê, resolveu chamá-lo:

— Pedroca, vem cá.

Pedroca lavou as mãos com rapidez, subiu a escada que separava a cozinha dos empregados do casarão grande e foi atender dona Merícia.

— Estou às ordens.
— Pedroca, vê se você me consegue um corrupião igual àquele que me deu.
— Eu agora não 'tou mais pegando passarinho, mas vou encomendar um para a senhora. É melhor amansado.

— Está bem, veja se arruma.
Merícia disse aquilo por dizer, para dizer. O que desejava era ver o mulato Pedroca de perto com seus dentes alvos.
O coronel Cipriano não deixou passar o diálogo:
— Menina, você não está mais na idade de criar passarinho, dando liberdade a empregado para pedir presentes. Essa gente se trata ao largo. Pouca intimidade.
— Está bem, pai. Mas é que eu tenho saudades do meu corrupião.
Pedroca sentiu os olhos da dona Merícia parados dentro dos seus. Eles ali estavam bem perto, parecidos com os olhos do coronel, mas diferentes, bem diferentes. Não entendeu por que dona Merícia fez aquilo. Dona Merícia era tão forte, tão mulher. Daria uma grande dona de casa. *Ah, se fosse gente do casarão, dessas que sentam em cadeiras e não arreiam animal.* À noite, Pedroca começou a matutar. Ainda não reparara as moças filhas do coronel. Elas estavam tão distantes que nunca passara pela sua cabeça vê-las como mulher. As mulheres para ele eram as filhas da Das Dores, que tomavam banho no riacho, aquelas que estavam arrastando asa para seu lado, para as quais pagara gengibirra no largo, comprara corações de açúcar, daqueles enfeitados, dispersos no tabuleiro, e também pagara Reis, quando elas lhe entregaram o papel recortado, todo rendado, com aquelas coisas escritas no meio:

Dar Reis não é vergonha,
Vergonha é não pagar.
Um coração como o seu
A mim não pode negar.

Dona Merícia jamais lhe entregaria um papel de Reis, cor-de-rosa, ou mesmo azul, ou mesmo branco, perfumado com sumo de rosas. Na rede, começou a pensar em dona Merícia e num papel de Reis. Agora Pedroca não teria mais tranqüilidade. A Fogoió de baixo, duas léguas para trás, não ia aplacá-lo. Teria que jogar mais água do balde do poço para abafar.

5

No OUTRO DIA a loja era diferente, ele também estava diferente. Os olhos de dona Merícia estavam dentro dos seus olhos, furando como agulha de coser saco, entrando rápido. Na hora do almoço, seu pensamento estava longe, no varandão da casa-grande, à procura dos olhos de dona Merícia. No jantar também, e dona Merícia começou a ficar mais vezes no parapeito, mais vezes sorrindo, mais vezes dengando e dia mais dia Pedroca sorrindo, esperando o dia por um olhar espantado, feliz com a roda do mundo.

Zé de Donga, companheiro de balcão, não deixou passar:
— Pedroca, tu agora só anda espantado, como veado? Que está havendo contigo, homem?
— Não tenho nada, não. É que estou sentindo que o tempo 'tá bom.
— Se tu estás sentindo recolhimento, vai na Fogoió, senão tu pode ficar com zombeira.

Pedroca ficou calado. Olhou Zé de Donga do alto. Viu nuvens no céu, elas tinham formas, pareciam traços de dona Merícia. O coronel iria viajar no dia seguinte para a vila, para pagar uns despachos das carradas já prontas para embarque. De madrugada as montarias foram arreadas. A manta de bordas bem grandes e redondas, a carona, a cinta, os dois alforjes, a taca com aquela bola de sola trançada caindo em pencas, as esporas de rosetas grandes e os estribos de botina. A burra *Dançarina,* queimada redondo, meio velha, há muitos anos servindo ao coronel, estradeira, marchando sem abalar e sem defeitos. Ultimamente andava dando topadas e chegou a ralar o joelho.
— É que ela está ficando com a vista curta.
— Vou precisar arrumar outro animal — respondeu o coronel.

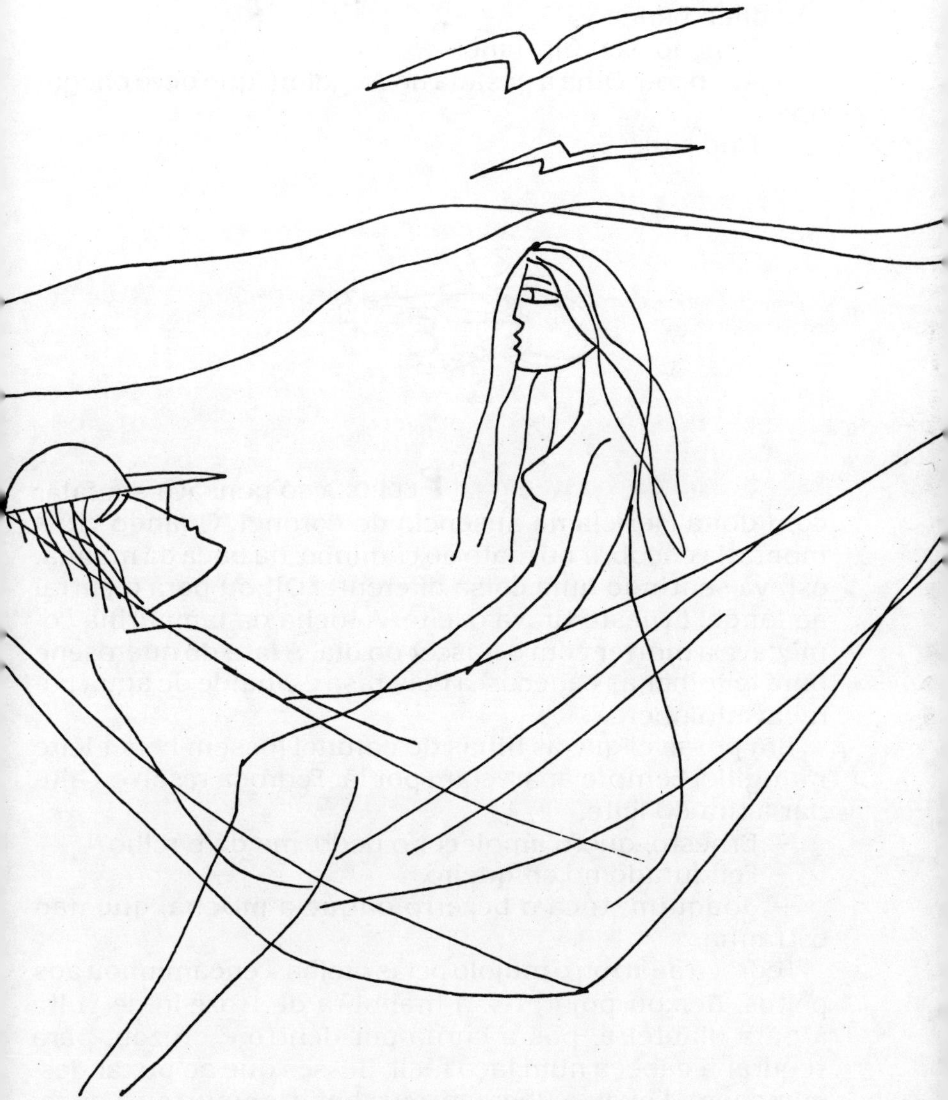

— Ela ainda dá bastante tempo.
O café estava ali, o beiju de farinha. Era beber, comer e sair, com mais os dois pajens. Pedroca ajudou a encilhagem e pediu a bênção:
— Bênção, seu Cipriano.
— Abençoe. Olha a pesada do Angelim, que deve chegar hoje.
— Nhô sim.

6

Pedroca só pensava em falar com dona Merícia na ausência do coronel. Quando viu a montaria encobrir no mato do caminho, na boca da manhã, estava sentindo uma coisa diferente. Olhou para o curral ao longe: Ernesto tirava o leite. A tocha da lamparina começava a morrer com o nascer do dia. A lata do querosene para recolher as canecas, a cuia rasa e o balde de água para lavar o úbere.
Era possível que as filhas do coronel fossem beber leite mungido. Sempre apareciam por lá. Pedroca resolveu ajudar a tira do leite.
— Ernesto, quero amolecer o dedo, me dá o relho?
— Pendurado no chiqueiro.
— Joaquim, toca o bezerro daquela mocha, que não estranha.
Pedroca agarrou o mujolo pelas orelhas, encaminhou aos peitos, deixou pojar, fez a manobra de trazê-lo de volta à pata dianteira; pôs a corda por dentro e cruzou, para segurar a cabeça num laço fácil, desses que ao puxar desmancham. Lavou o úbere, tirou a baba, empurrou a anca, pôs a cabeça no vazio e espremeu. A espuma cresceu na coité, mas seu pensamento não saía de dona Merícia:

> *Boi, boi, boi,*
> *Boi que eu mandei fazer*
> *Fogo de palha*
> *Não me faz correr...*

Ernesto cantarolava as toadas de Nicolau, no bumba-meu-boi. As penas dos caboclos do mato, fugindo com o boi, perseguidos pelos busca-pés:

> *No riacho Bem-Querer*
> *O meu boi tem que passar*
> *Bota fogo, bota em riba*
> *Que ele não vai se queimar...*

Dona Merícia e as irmãs estavam ali, no lance do curral. Pedroca olhou que ela vinha e abençoou o leite. Seu rosto era amanhecido.
— Papai viajou pela madrugada, Ernesto? — perguntou Dulcina.
— Viajou, sim senhora.
Pedroca balbuciou:
— Dona Merícia, a senhora vai querer leite?
— Quero, Pedro. Pega a minha caneca, a de beiço largo.
Pedroca afastou a vasilha, espremeu firme o peito cheio para que batesse no fundo, espumasse grosso, subisse, sem espocar, como uma flor grande cobrindo o beiço largo. Merícia foi para longe das outras.
— Dona Merícia, o leite. A senhora se encontra mais eu, hoje, depois da janta, no depósito de coco?
— Por que não depois do almoço?
— Gente pode ver.
— Então, de noite.
Ernesto continuava; agora eram reminiscências das caixeiras do Divino, frases do Imperador e da Imperatriz, monótonas, comendo o tempo:

> *A bandeira deste ano*
> *Trouxe um sinale de guerra,*
> *Um é verde, outro encarnado,*
> *Outro uma rosa amarela.*

7

PEDROCA estava tremendo. O mês, julho, o dia, terça, o ano dos seus dezenove e dona Merícia, com os olhos do pai, os beiços grossos, iguais aos da caneca. Fazenda das Cajazeiras sem cajás, e o babaçu sussurrando, as palmas na brisa do dia todo, o chiado das pindobas, e as puídas, caminhos dos jegues, com as tinideiras dos chocalhos ressoando.

Pedroca, entre medo e alegria, conferia quilos e sacos. Saiu cedo do balcão. Retirou um sabonete da prateleira, mandou colocar na sua conta e caminhou para o poço. Pôs a lamparina longe para que o cheiro da fuligem não abrandasse o cheiro do sabonete. O mulato estava forte, só agora olhava para si mesmo e via os músculos bem delineados nos braços, nas espáduas, nas coxas e nas pernas. Testa alta e lisa.

Seu prato nesse dia voltaria quase todo, não tinha fome para comida, e estava como um rei no meio dos companheiros.

— Pedroca, tu te alembras quando nós era menino que íamos beber água no porto de baixo, pra ter o gosto das meninas?

— Conversa besta, Ernesto.

— Tempo bom, eu tenho saudade.

— Tempo bom é agora...

Os olhos de dona Merícia estavam longe, no parapeito do varandão, quando Pedro os olhou, concluiu:

— ... agora, que a gente é homem.

— Não acho, não. Essa luta que nós vive lá presta para nada. Viver pra quê, pra trabalhar dia e noite e depois morrer? Você gosta?

— Gosto.

— Por quê?

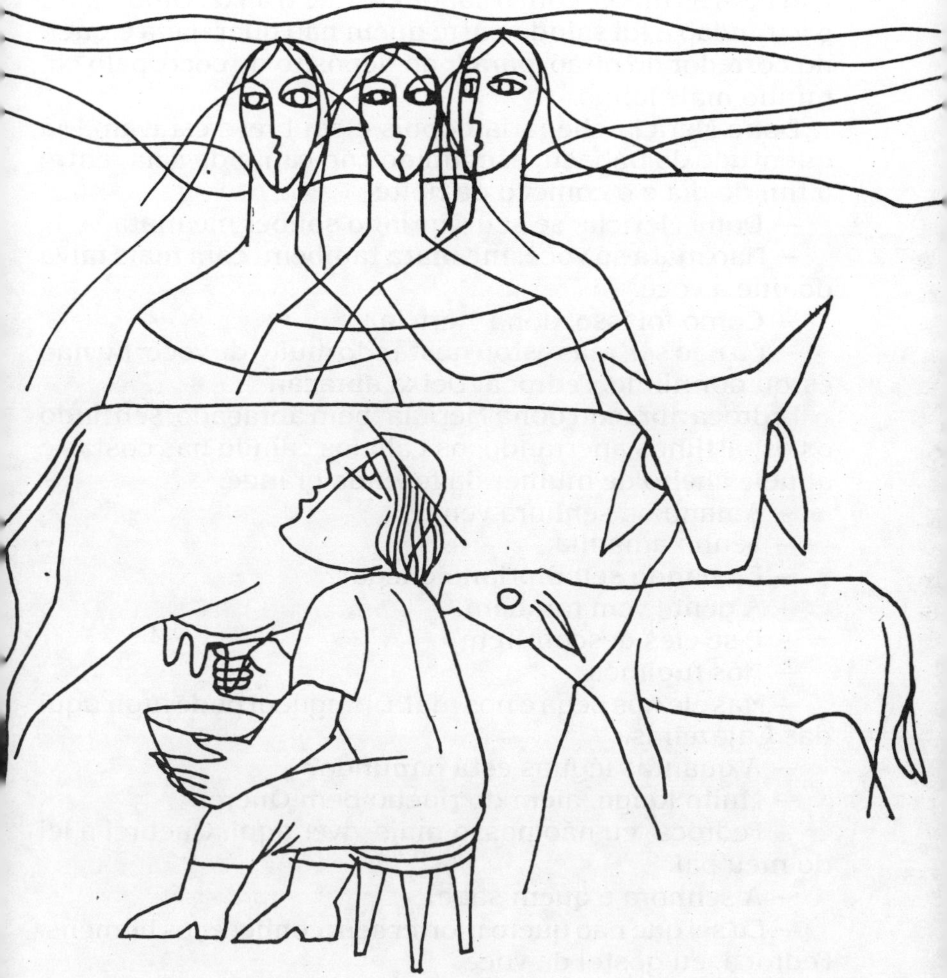

— Prumode nada.

— Óia, Pedroca, você 'tá diferente! A mode que você 'tá como bode escondendo bicheira? Esquivando e escondendo?

Pedroca cortou os galhos da conversa. Levantou-se, lavou bem as mãos, com o sabonete que trouxe. Olhou para o varandão e foi saindo entre quem não quer nada e quer, no corredor do oitão, para ir ao depósito de coco, pelo caminho mais longo.

Dona Merícia chegaria depois e em breve estavam, na quentude do babaçu, escondidos no canto da sala, entre o fim do dia e o começo da noite.

— Dona Merícia, se seu Cipriano souber me mata.

— Não mata só você, me mata também, com mais raiva do que a você.

— Como foi isso, dona Merícia?

— Eu não sei, mas estou gostando muito de você. Eu não estou dormindo, Pedroca. Deixa abraçar.

Pedroca abraçou dona Merícia, bem abraçado, sentindo os espartilhos apertando, os cabelos caindo nas costas e aquele cheiro de mulher da fazenda grande.

— Amanhã a senhora vem?

— Venho amanhã.

— E quando seu Cipriano chegar?

— A gente vem também.

— E se eles descobrirem?

— Nós fugimos.

— Mas ele nos pega e nos mata. Ninguém pode fugir aqui das Cajazeiras.

— A quantas léguas está o mundo?

— Muito longe, além do riacho Bem-Querer.

— Pedroca, eu não posso mais viver aqui. Quebrei a lei do meu pai.

— A senhora é quem sabe.

— Eu sei que não quero morrer sem conhecer os homens. Pedroca, eu gostei de você.

— A senhora é quem sabe.

— Vamos fugir logo hoje. Ele vai descobrir. É melhor na sua ausência. Assim a gente tem tempo.

— Então vamos.

— Quando todos se recolherem vamos embora. Papai só chega depois de amanhã. É o tempo da gente caminhar.
— Não adianta caminhada. Ele nos pega e mata.
— Mas é bom morrer em busca do mundo. Pedroca, eu quero ver o mundo, no rumo das noites. Aqui é o inferno. Você sabe. Só existe ele.

Pedroca estava sentindo o quente do babaçu. Segurou dona Merícia mais fortemente, tomara a decisão, ia começar a chuva. Lembrou-se de Ernesto:

(A bandeira deste ano
Trouxe um sinale de guerra.)

— Às onze.
— Às onze.

8

Foi À SUA DORMIDA. Abriu a mala e retirou a faca. Colocou-a em cima do xamató. Deitou na rede e começou o embalo. De olhos abertos, olhando nas frestas das telhas um raio de luz, alguma estrela solitária. Embalando, pensando na noite depois das onze. No corpo de dona Merícia, nos cabelos de dona Merícia. E o coronel Cipriano: *Minha palavra só tem uma gaveta: não existe esconderijo nem mariscos. Abriu tá no ponto.* A matança do Herculano Cabeceira, que pusera pedra e areia na pesada do babaçu. A discussão terrível. Herculano sacando do facão, seu Cipriano firme no cabo do 38. Dois tiros. E o corpo jogado no jacá, para levar até a casa da viúva. As horas cantadas no caminho, para espantar as almas, a Bendita da Penosa.

— *Tu morreu.*
Tu pagou.
Tu sofreu.
Tu panhou.

> *Valei-me mãe das almas*
> *Amiga da Mãe de Deus*
> *A morte vem vindo*
> *Ela vem sozinha*
> *Ela vem dizendo:*
> *Essa alma é minha.*

E os homens do acompanhamento?

> — *Pinica a cobra que ela voa, acauã,*
> *Que ela voa.*
> *Que ela voa.*
> *Que ela voa...*

Pedroca esperava as horas, vendo o tempo. O corpo da Fogoió, as meninas que espiara no riacho, e dona Merícia. Dona Merícia era diferente, havia por dentro uma luz que era mais quente do que babaçu molhado.

Não trazia nada. O vestido leve, sem anáguas, com a combinação rendada nas pontas. O silêncio descia sobre as Cajazeiras.

— Nós não vamos de cavalo?

— Vamos, mas os cavalos estão no cercado de capim. Temos de ir apanhá-los. Aqui o pessoal veria a arrumação.

Foram saindo de mãos agarradas, na noite estrelada, pelo estirão da cerca, esquivando, fugindo, dona Merícia e Pedro. Entraram no caminho do mato, alegres, caminhando para o mundo.

— Pedro, antes de pegar os cavalos eu desejo conhecer você.

— Dona Merícia, não podemos atrasar, eles podem chegar.

— Então, se eles nos pegarem, eu quero que nos peguem quando eu tiver conhecido você.

— Dona Merícia?

— Eu não quero morrer sem conhecer você, Pedro.

Pedro avançou para a capoeira fugindo do caminho do cercado. Fez um aceiro rápido. Arrancou da faca e cortou algumas folhas de pindova, acamou-as. Dona Merícia deitou. As estrelas estavam abertas, todas cobrindo a pequena clareira no meio da boca do mato com Pedro e Merícia, perto do cercado dos cavalos.

— Pedro, eu não quero morrer sem conhecer os homens...

> *Pinica a cobra que ela voa, acauã,*
> *Que ela voa.*
> *Que ela voa.*
> *Que ela voa...*

9

A MANHÃ estava chegando. Dona Merícia e Pedroca ouviam apenas os grilos, uma siricora que cantava ao longe. O mais era o vento driblando as folhas dos babaçuais.

— Vamos começar as andanças. Apanha os cavalos.

— Se ele vai nos pegar, por que nós não ficamos aqui vivendo o resto do nosso tempo?

— Não, dona Merícia. Vamos em direção ao riacho Bem-Querer, no começo do mundo, três noites de viagem no caminho do Maranhão.

Pedroca foi abrindo clareiras na mata, de tarde e de noite, passando aqui e ali, encontrando, pedindo água e comendo, já ouvindo o tropel que vinha, que vinha vindo, a fumaça da poeira das estradas.

— Pedro, por que andar mais, vamos aproveitar o tempo? Eu não quero morrer sem conhecer os homens.

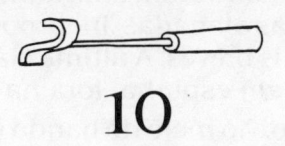

10

O CORONEL CIPRIANO franziu o olhar e apenas perguntou:

— Você sabia?
— Não, não sabia — respondeu sua mulher.
— Reúnam-se os homens, armem-se e vamos...

As filhas, a mulher e os filhos tiveram vontade de pedir para que a deixasse ir, livre, guardasse a vida, tida como morta.

— Se não dou o exemplo aos meus, não posso dar aos outros.

Levantaram-se os rastos. Cipriano viu o caminho do cercado. Ali estavam as folhas já murchas do babaçu acamado e a sombra da Merícia que sua mulher pusera no mundo virgem e virgem estivera. O filho da mulata Quirina, envolto nas rendas tecidas pelos bilros velhos. A pequena clareira, perto de um pau de imbaúba, com abelhas, muitas abelhas, de bom mel, abelhas amarelas, com as asas manchadas de branco:

— Que abelhas são essas?
— Moça-branca.

Cipriano sentiu o cheiro dos sortilégios. Deus chamava Merícia, que ficara indigna de viver. Seu braço estava armado para cumprir. Saiu o tropel no piso do casal.

— Irei atrás até onde a garota morreu.
— Onde a garota morreu? — perguntou Ernesto ao companheiro de lado.
— Onde o vento deixou o cisco!

Pedroca e Merícia completavam sua terceira noite no rumo do mundo, mudando de caminhos com os caminhos mudados. Os seios de dona Merícia já não precisavam de espartilhos, estavam soltos, livres, sacudindo ritmados ao cortado do cavalo. Seus olhos cansados mas felizes, e Pedroca também. Encontraram uma família de retirantes que vinha para as terras alagadas, incorporaram-se e iam pela estrada, agora mais breves. A última clareira, com as folhas macias cruzadas em espinha, fora na madrugada.

O sol estava alto. No meio do bando que caminhava, Merícia tinha ainda os olhos grudados em Pedroca.

— Que rumor é aquele?
— Deve ser a cachoeira do riacho Bem-Querer, cruzando a estrada.

11

De repente um salto. Ali na margem do riacho, cortado no caminho do atalho, guardando a ponte de troncos de palmeiras, já estava o coronel Cipriano, acampado desde a véspera.

O caminho, pelo sereno que sentava nas manhãs, era verde. De capim, de bredo, de sena-brava, com sua florzinha roxa, de favas, jambu e crista-de-galo, mata-pasto, jitirana, pé-de-galinha e guardião. Pedroca não estava com medo, as três noites no caminho do mundo, com a Merícia, de seios soltos, alta, morena, e seus olhos e suas tranças, e as estrelas espiando na mata, as clareiras abertas, como as sururinas e as pombas-do-ar.

Merícia era filha do coronel Cipriano. Firme enfrentou os olhos do pai. Tivesse de fazer um pedido esse não era para recusar a morte, mas para morrer no dia seguinte, depois da noite, para mais uma vez sentir Pedro.

Os retirantes fugiram. Pedroca, ligeiro, saltou do cavalo e guardou a frente da montaria de Merícia. O cerco foi feito, Cipriano não podia dizer nada: seus dentes rangiam, tremia a cara toda. Pedroca desceu Merícia, abraçou-a, grudou-lhe os braços, as pernas, o tronco, o rosto e os cabelos. Nos ouvidos o grito das incelências cantadas, na carregação do corpo de Joaquim Caboclo:

> *É uma incelência*
> *Da estrela madame*
> *alecrim verdadeiro*
> *rosa, mãe-gerome.*

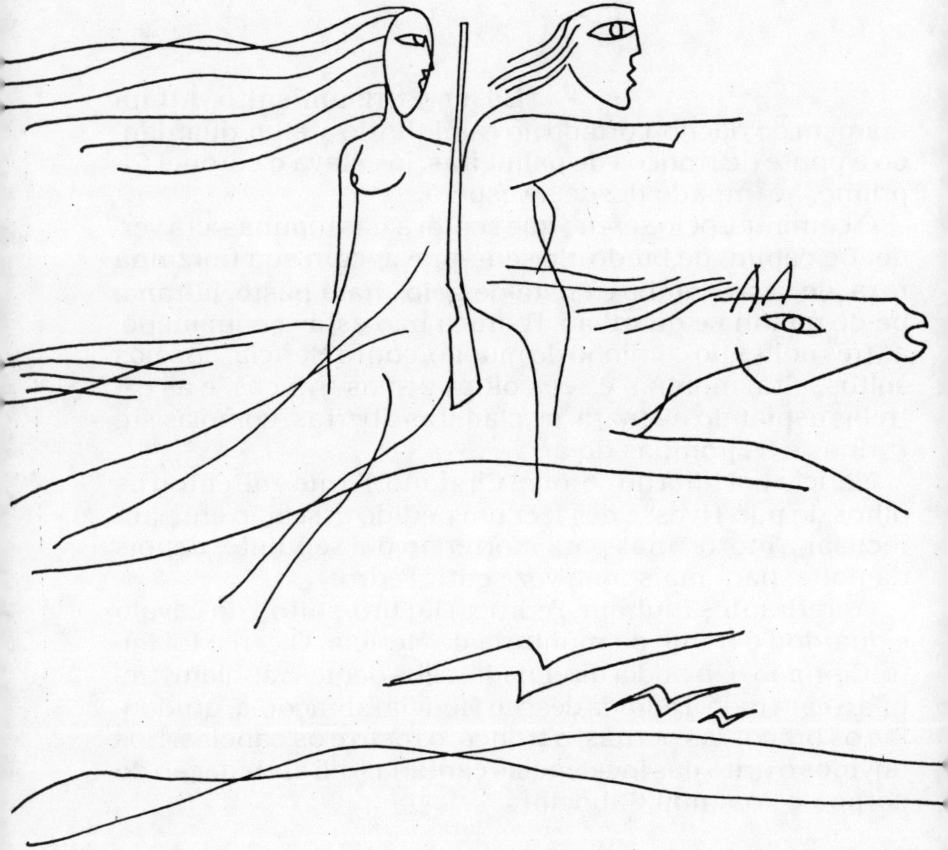

Os olhos do coronel eram os mesmos daquele dia. Sua fúria era maior. Os cabras que o acompanhavam sacaram as armas. Pedro e Merícia ali estavam parados no caminho, no riacho Bem-Querer. O coronel Cipriano gritou forte:

— Parem, o dever é meu.

O revólver 38, cabo de madrepérola, duplo. Foi a carga toda. Avançou para os corpos caídos e chutou com as botas os músculos fortes de Pedroca.

— Rejeitem o homem.

Os homens avançaram, sacaram as facas e cortaram os tendões do calcanhar de Pedro. No rosto morto uma flor de felicidade. Ali estava ao lado Merícia, filha do coronel.

Ao longe, os retirantes olhavam espantados. O coronel deu ordens:

— Cavem uma cova e dêem sepultura.

— E a moça?

— A moça é minha filha, Deus a mandou buscar para não viver desonrada. Eu levo seu corpo para chorar com minha família.

12

NA MATA o silêncio era profundo, quebrado apenas pelo sussurro do babaçu, no Maranhão perdido, milhões de anos feitos, longe do mundo, a cutia plantando coco, a paca de noite e os bacuraus.

Cipriano pegou sua manta de estimação, enrolou no lugar da sangueira de Merícia. Montou. E começou a volta, para que fosse velada pelas irmãs e pela mãe.

— Meu Deus, por que o senhor mandou buscar a minha filha?

> *— Se eu fosse uma carapina*
> *ia fazer uma oratória*
> *pra botar dona Merícia*
> *No altar de Nossa Senhora.*

—Chora Cipriano, chora a vontade de Deus...

— *Lá vem barra do dia,*
Lá vem a Virgem Maria,
Perdemos nossa Merícia
Mais um da nossa família...

JOAQUIM, JOSÉ, MARGARIDO, FILHOS DO VELHO ANTÃO

"E quem era Aglau Sofídio? Era um lavradorzinho velho, o mais pobre de toda Arcádia, ao qual um pequeno enxido, que tinha junto à sua choupana, cultivado por suas próprias mãos, sem inveja suá, ou alheia, lhe dava o que era bastante para sustentar a vida."

(Sermão de Quarta-feira de Cinzas, para a Capela Real, que se não pregou por enfermidade do autor)

PADRE ANTÔNIO VIEIRA

VINTE LINHAS. Cada linha vinte e cinco braças. Cada braça um dia na derrubada, na coivara, no fogo, no plantio, na capina, na colheita. Suor, sede, lábios secos, costas ardidas do sol, mãos grandes e duras, calos de quem faz, da mulher, dos filhos que ajudam, dos ajuntados que no mutirão plantam e colhem, colhem e comem.

A roça de Satiro Língua-Mole estava verde e crescia bem. Molhada, seria boa colheita. Com azares pequenos. Destes de todo ano e de toda roça. A hora ruim passara. No princípio, quando jogou a semente, veio uma estiagem grande e de novo teve de semear.

Os brotos da folhinha esguia de um verde-claro, tênue, balançando devagar na corrida da brisa, foram visitados pela lagarta, a comer alguns olhos. Mas poucos. Diferente do ano anterior. Ano terrível de pulgão comendo na roça e nos guardadores, violentamente, das duas cores. O preto: roedor de embrião, invisível quase, miúdo, piolhento, escondido, demônio, satanás. O vermelho, este que vai furtar no paiol, gázio como papo de graúna, deixa cuim de tudo, esfarinha, esfarela o grão, pulgão danado, esfomeado, que nasce do nada, se mete no tabuado e nas paredes de taipa.

Este inverno, não. Tudo estava correndo bem. Os cachos pendurando, baloiçantes, e várias manhãs, suspenso o sol, levantando o aguaceiro, Língua-Mole e Zequinha viam a roça longamente. Começava a capina. Todos, mulher, filhos grandes e pequenos. Até mesmo Badu, que começava a caminhar, ia para a mordedela.

— Prumode que o Badu aqui junto? — Zezinho perguntou.

— Pra ajudar. Enquanto a gente trabalha, a mutuca persegue, num deixando produzir. A mutuca toca o ferrão no Badu e larga a gente. Deixa aí pra mutuca chupar.

Os lombos curvados, suarentos, braços firmes, patachos na mão, arrancando as vassouras de botão, viçosas, brotando da vessada. Ao simples gesto o mosquedo esvoaça. As muruanhas voando em cortina, sem avançar e zunindo. Moscas pequenas pousando aqui e ali, mutucas e mutucudas, varejeiras e piuns.

Três lances no chão, um no rosto, no lombo, no pescoço, a espantar a malícia. E Badu, dois anos, indefeso, chorando, batendo, atraindo os bichos para os homens trabalharem um pouco mais.

— É assim que se fazem os machos. Morde a nós, morde a ele.

Debaixo da ramada baixa, dois beirais em quina, cobertos com pindovas, apanhadas ali mesmo, escapadas da queima e do corte, estava a cabaça de água. Os goles marcavam as horas do dia e as palavras eram poucas. Trocadas assim, de raspão, sobre rezas, sobre peixes, sobre plantas, sobre a terra.

O trabalho nesta fase era mais brando. A capina, e depois esperar o legume subir. Zelar pela cerca boa, firme, cerca de varão bem encoivarada, paus grossos, se juntando como dedos, correndo na linha de fora e na linha de dentro para evitar a entrada de bichos. Os bichos do coronel José Raimundo Baldez, que tinha fazenda perto e terras de registro e documentos, com muito gado, muita garganta e muito respeito.

Todo ano vinham queixas contra as reses comendo as roças. Satiro não queria ser dos queixosos. Sua cerca era boa e vigiada. Qualquer falha era logo reforçada. Conhecia o coronel.

— *Caboclo: imbigo de boi no lombo, pimenta no rabo...*

Há dois anos chegara de longe, do sofrido do Nordeste, com mulher prenha e os teréns. Seus três primos Arrudas tinham vindo antes. Ele resistira no Ceará. Agora viera. As notícias eram boas. O Maranhão alagado. Terra boa, o Mearim correndo em bacia plana, inundando o vale. Terras abertas, sem dono onde, a gente escolhia, simpatizava e ficava. Assim fez. Algumas saudades dos amigos, dos outros parentes e das cruzes dos filhos mortos. Restavam quatro e Badu, dois anos.

    Joaquim, José, Margarido — os três Arrudas tinham fundado o Centro dos Arrudas, perto de onde terminavam as terras de criação da fazenda Ouro Velho, do coronel José Raimundo. Lugar bom de arroz. O caminhão entrara no verão passando na estrada aberta por eles mesmos e seguia, indecisa, falhada, um arremedo de rua como que vinha. Antes, ninguém entrara. O nome antigo da morada era, como todas as moradas abandonadas, Morada Velha, e o caminho da mata grande que se escondia até as barrancas do Turiaçu. Nos meses de novembro era a fumaça das queimadas e agora o céu ainda escuro começando a secar, chovendo menos, mas os riachos cheios e as poças claras.

    O domingo era o descanso. O dia para amolar bem a foice, o machado, as facas, facões e lavar a muda de roupa.

    O coronel José Raimundo, quando teve notícia do progresso do Centro dos Arrudas e de que as roças abandonadas tinham pasto bom, mandou boiadas para engorda.

    Os três primos Arrudas, mais o primo Satiro, e João e Zacarias, e Tomás e Ernestino, dos roçados maiores, foram lá, duas léguas acima, para falar.

    — Seu coronel, nós é os Arruda. Vimos pedir vosmecê para arretirar o gado da Morada Velha que 'tá comendo as roças. Nós tudo nas ileição vamos votar no sinhô.

    — Seus Arrudas, bom prazer tenho em conhecê-los. Os meus bois estão comendo nas capoeiras. Quem tem roça cerque a roça. Ainda mais que a terra é minha e o meu gado pode comer na minha terra.

    — Seu coronel. Onde nós 'stamo é dos sem-dono. Nós que desbravemo o centro e sentemo casa e nunca ninguém viu dizer que tinha dono. Por isso nós lá fiquemos.

    — Isso é que vamos ver. Prazer, seus Arrudas — terminou a conversa o coronel José Raimundo Baldez.

    Satiro ouvira tranqüilo. Sua roça ficava longe, bem longe, e fora do caminho dos bois.

*

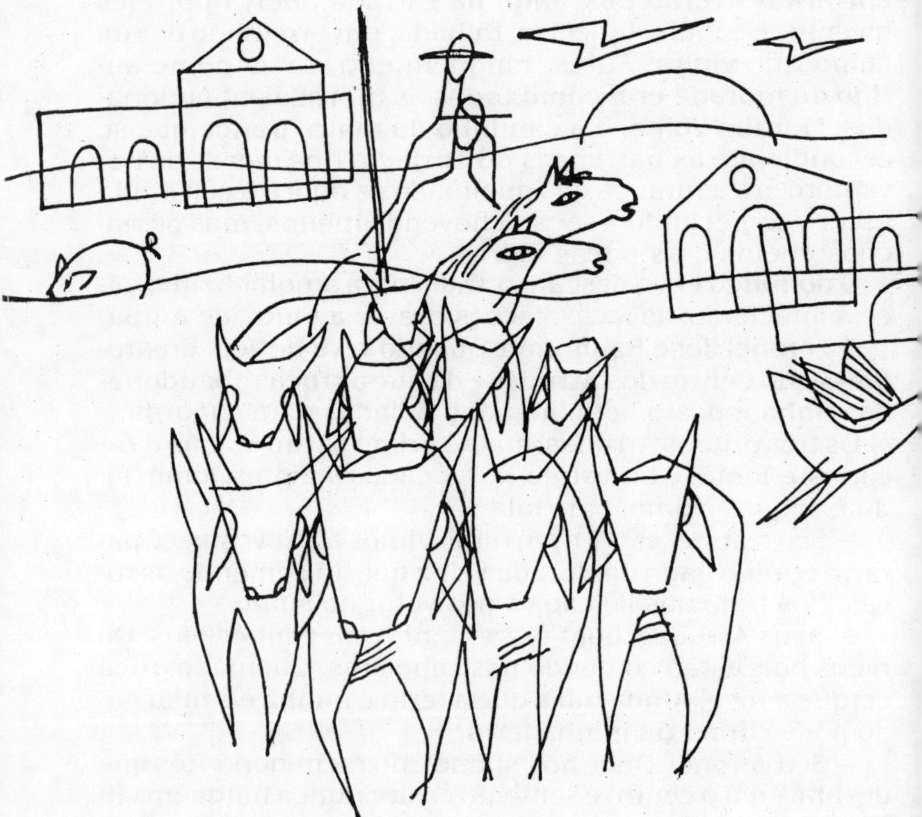

Aquela novilha araçá sempre fora arredia. No meio do gado não ficava. Olhos espantados, irrequieta, árdega, a cabeça por cima, os chavelhos pontudos brunidos de afastar os galhos, abrindo veredas. Ancas largas, carnudas, ubre duro, pele macia, andava de rainha nas puídas abertas no meio dos babaçuais. Ao menor sinal de espanto, suas patas altas disparavam e corria ligeira, pulando, livre e arisca. Os garrotes sabiam que era difícil. Para escanchá-la teriam de abandonar a manada, segui-la mata adentro. Não era tarefa para o único boi raçado zebu, cheio de vacas, a tempo e hora, e que no pátio da fazenda saía para espichar as pernas no passeio do começo do dia.

Nos rastros da novilha araçá ia um boizinho da terra, mirrado, novilhengo, cheirador e confiado, agressivo e montador. Atrás, no perambular do cio, correndo aqui, parando ali, araçá recusando, garrote investindo, quebrando galhos cá, atravessando baixas ali, e por artes do acaso até a puída da roça de Satiro Língua-Mole.

A carreira violenta, cauda esticada, olhos firmes, olhou o arrozal verde, de folhas largas, viçosas e arremeteu, acostumada a pular. As cercas fortes sentiram de raspão na passagem os cascos traseiros.

Atrás o novilho estancado. Tentou forçar a cerca, carregou nas espáduas, nos chavelhos e por fim desistiu da perseguição.

A araçá pisoteava o arrozal, derrubando pés e pés, fazendo círculos, comendo, estragando, inspecionando sob todos os lados, abrindo passagem em meio do legume, com um ar de desprezo do novilho apartado pela coivara do Língua-Mole. Por fim resolveu ajudar e abriu a golpes de chavelho brunido o vão por onde o macho entrou. Estava farta, de barriga cheia. Docilmente, perdeu a arrogância e deixou ser montada no verde do arroz arrebentado em cachos. O sol morria e na boca da noite o trote de volta misturava-se com o vôo dos bacuraus apressados.

*

Quando Satiro chegou no dia seguinte, viu o estrago. A primeira impressão é que teria havido uma briga de dois garrotes dentro da roça. A cerca danificada bem perto da porteira. Examinou os rastos e sentiu um profundo amargo na boca. O estrago fora grande. As falhas no meio do arroz compacto eram amiúdes. Os bois tinham comido por cima, no broto. Recordou Badu lutando com as mutucas. Das Flores com aquela estrepada grande no pé direito, que até hoje não cicatrizava. Depois do primeiro instante de revolta, Satiro resolveu recompor a cerca. Tirou cipó, amontoou madeira, e haja a trabalhar. Percorreu tudo, reforçando aqui, amarrando ali e assim passou o dia.

Quando voltava, ouviu passos de gado no mato e procurou averiguar. Adiante, num bolsão ralo, perto de uma baixa que começava a secar, estava o casal: a novilha e o garrote mirrado e novilhengo que iam de volta. Espantou-os, gritou, tocou-os e viu o ferro, aquele B de Baldez, parecendo com R de Raimundo. Saiu com a certeza de que no dia seguinte mandaria os meninos vigiar e ele iria na Fazenda do Ouro Velho tratar com o coronel José Raimundo.

— Seu coronel José Raimundo. Louvado seja Deus. Vim tratar mais vosmicê que tem uma novilha araçá e um garrote laranjo-queimado comendo a minha roça. Fez um estrago de mais uma linha no dia de trasontonte e eu ontem de noite topei com eles voltando no rumo por riba das cinco.

— Donde fica tua roça, cearense?

— Fica na cabeça do Poço d'Anta, tirado assim à direita.

— Eu não tenho gado ali.

— Tem, seu coronel. Eu arreparei o ferro.

— Não tenho não, cearense. Gado meu não vai ali.

— Ninguém tem gado nesta redondeza, seu coronel. O ferro é seu com um B do jeito de R.

— Pois se for meu, mata...

— Num quero fazer isso, não. Quero que vosmicê mande arretirar por modo não acabar com os legume.

— Olha, cearense. Você previne seus parentes que este é o último ano que deixo fazer roça. Já legalizei as terras. As que não eram minhas aforei do governo em nome dos meus meninos. O Centro dos Arrudas está dentro e vocês vão tratando de dar o fora. Homem bom para caboclo sou eu e vocês estão sempre criando caso.

— Num 'tamo não, seu Raimundo. Nós ficamos lá porque

a terra era dos sem-dono e não tinha serventia pra nada. Nós é que 'stamos amelhorando... Acho que os Arrudas meus primos não sabe disso, não.

— E que não saibam...

— Seu coronel, eu vim apenas pedir pra vosmicê mandar arretirar suas criações.

— Já disse que não tenho gado naquelas bandas. Se for meu, mata.

*

As histórias que se contavam do coronel José Raimundo, dentro das suas propriedades, eram intranqüilizadoras. Certa vez chegara um nordestino e pedira morada. Trazia dois burros, a mulher, três filhos e dois braços fortes, rijos, de oito horas de machado.

— Seu coronel dá uma morada?

— Pois não, filho. Você é de sorte, escolheu o melhor lugar do Maranhão para viver. As melhores terras, o dono de coração mais brando e amigo. Terra aqui é à vontade. Terras de babaçu e de lavoura.

— Posso fazer a casa?

— Pode.

— E como são os acertos?

— Do babaçu que você colher a metade é minha. Os babaçuais são meus. A outra metade você me vende, pois as terras são minhas e aqui o único comprador sou eu. Do plantio, a metade é minha e a outra metade você me vende...

— Seu coronel, posso plantar umas fruteiras?

— Não precisa, meu filho. Pois eu tenho aqui em casa sítios que têm frutas que apodrecem. Quando você quiser fruta, eu lhe vendo e desconto o preço quando você me entregar a parte vendida junto com a parte da minha terra...

— Seu coronel, eu posso criar esses dois burros que trouxe?

— Não precisa, caboclo. Tu me entregas logo os burros. Aqui você não vai precisar de animal. Quando chegar a época de transportar os gêneros eu tenho muito animal, mando buscar, e o preço do aluguel você não precisa pagar adiantado, eu desconto da parte que você me vender junto com a parte da minha terra.

— Seu coronel, aqui tem caça?

— Muita, demais...

— O senhor compra os couros também?

José Raimundo não agüentou com tanta impostura. Ficou rubro. Olhou para a cabroeira, franziu a testa e...

— Caboclo ordinário! Passa ao largo! Você não serve para morar em minhas terras. Já conheci tua cara de caboclo vagabundo. Então queres comer a carne do meu veado, e depois ainda que eu compre o couro...

*

Manhã clara. O malvarisco começando a despontar de novo, em meio às linhas do arrozal. Os claros já secando onde o gado estragara. Satiro estava vigilante e resolveu passar o dia esperando o gado. Sabia que ele voltaria. Boi roceiro é boi roceiro. Acostuma-se e não recua. É mais fácil comer sozinho as pontas do arroz, melhor que capim, mais aguado, mais macio, mais gordo, do que disputar de sol a sol o pasto que começa a secar, vasqueiro.

A novilha araçá não se deixou surpreender. Sentiu pelo faro que havia vigilância. E esperou a noite. Satiro fora, veio de mansinho, no mesmo caminho, na mesma pisada no rumo da roça do Poço d'Anta. Saltou e ficou a comer. Comeu aqui, comeu ali, comeu acolá. Quebrou, pisoteou, estragou. Arroz verde aguado desmanchando na boca da novilha, que vinha só e voltava só, saltando, sem deixar rastro nem danos na coivara.

E assim, vez mais vez, a roça foi sendo estragada. Satiro já não tinha meios de ter calma nem paciência. Dormia esperando a hora de ver o estrago. Seus olhos tinham rasgos de ódio e de mágoa. Foi ao coronel José Raimundo:

— Seu coronel, volto pra pedir a vosmecê, pelo bem que vosmecê quer a seus filhos, que arretire o gado da minha roça. Já comeram a metade e vão comer o resto...

— Cearense, eu já te disse que não tenho gado naquelas bandas.

— Tem, seu coronel. Ferro de B, do jeito de R.
— Se é meu, pode matar.
— Seu coronel...
— Pode matar. Boi roceiro é a tiro.

Satiro voltou. Passou na quitanda do Mané Dondon e comprou a carga. Chumbo certo, pólvora certa, espoleta e bucha nova. Bala segura no meio para não precisar outra vez. A decisão estava tomada. Foi direto para a roça. Escondeu-se no taipá e esperou. Esperou o resto da tarde, e esperou pedaço da boca da noite. Ansioso, trêmulo, certo de que não tinha jeito. Ali estava a roça quebrada, capenga, cheia de touceiras caídas, de plantas partidas e pisoteadas. E a voz do coronel José Raimundo, seca:

— Não tenho gado naquelas bandas. Se é minha, pode matar.

Teria de ser aquele dia. A novilha viria. Ela tinha vindo sempre, viria de novo para pular a cerca e comer o arroz.

Ouviu passos, passos nas folhas e gravetos. Rumor de gado. Era a novilha. Chegava, arrodeava a cerca em busca do lugar de saltar, espantada e desconfiada. Satiro não ia deixar que ela entrasse, estava ali para isso, determinado e firme. Espingarda na mão, cão arriado, carga socada. A novilha levantou a cabeça. Ciscou para trás. Jogou um pouco de areia no vazio esquerdo com os cascos da frente. Espantou umas muriçocas com o rabo e preparou-se para o salto. Vacilou, recuou, olhou outra vez. Satiro estava acompanhando os movimentos. Escolhia a testa, entre os chavelhos, para não errar. Tinha de não errar, pelos alqueires de arroz comidos, pelas chagas e mordidas do Badu, pela estrepada de Das Flores, pelas febres e frio nas manhãs de trabalho, pela sede, pelas caminhadas, pela fome dos meses de verão sem colheita guardada.

A novilha não teve tempo de olhar de novo. O estampido surgiu. A araçá levantou, travou nas patas, deu um pinote violento e foi cair com um berro longo junto da cerca. Satiro correu e em meio do estrebuchar da rês, espichando as canelas, batendo e esperneando, puxou o colim da cintura e sangrou. Sangrou fundo, com furor e ódio.

Eram seis horas, mais de seis. O sol se escondia sem co-

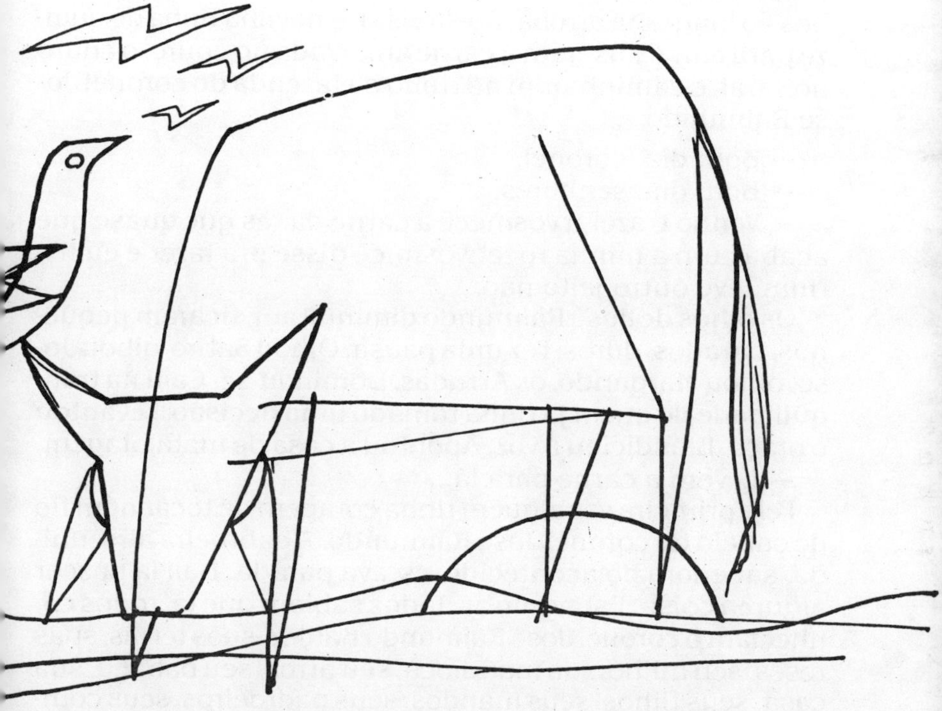

res, tranqüilo, deixando algumas frestas nas caçarobas e angelins.

Agora era tirar o couro e colocar a carne dentro para conduzi-la à fazenda do coronel José Raimundo. Ali estava o ferro B de Baldez, com jeito de R de Raimundo, nítido na anca larga. Assim fez, desde as quatro da madrugada, quando voltou, com Zezinho e os dois primos Arrudas, José e Margarido. Às seis da manhã, já estava tudo pronto. O fato ali jogado, alguns jerebas esvoaçando, e urubuxengos pousados ao longe. Na arrobação da vista, a novilha tinha de quinze para cima. Puseram a carne amarrada no couro, o couro no varal, e caminharam no rumo da fazenda do coronel José Raimundo.

— Bom dia, coronel.
— Bom dia, senhores.
— Venho trazer a vosmecê a carne da rês que quase que acaba com a minha roça. Vosmicê disse pra fazer e eu fiz. Num teve outro jeito não.

Os olhos de José Raimundo diminuíram, ficaram pequenos, parados, duros. Fez uma pausa. Olhou Satiro, olhou José, olhou Margarido, os Arrudas. Dominou-se. Caiu na tranqüilidade de quem já tinha tomado uma decisão. Levantou o braço. Blandiciou a voz. Apontou a casa de matalotagem.

— Levem a carne para lá...

Pela primeira vez alguém tinha coragem de tocar num fio de cabelo do coronel José Raimundo. A cabroeira ali reunida, sabedora do acontecido, estava parada. Dali ia nascer alguma coisa. Estava no ar. Todos sabiam que ia, todos conheciam o coronel José Raimundo Baldez, suas terras, suas reses, seu milho, sua mandioca, seu arroz, seu babaçu, sua casa, seus filhos, seus mandos, seus padroeiros, seus compadres, seus afilhados, suas cunhãs e miricós. Ninguém conhecia os seus inimigos. Estavam todos longe daquelas matas e alguns no reino dos mortos.

Margarido estava parado. Desatava os encontros do couro e não lhe saía da cabeça a viola do cantador que cantara dois dias antes, na feira do Centro, o romance dos Arrudas que custou um alqueire de arroz:

*Joaquim, José, Margarido,
filhos do velho Antão,
lavradores conhecidos
de arroz, maniva e feijão.
Arruda, arrudinha, arrudão,
três arruda, lavrador,
livres homens, sem senhor.*

José, tardo, braços rijos, pés grandes, pendurava os quartos. Ali estava, escorrida e escorrendo, a carne. O chambari e a posta de água, o mocotó e a sarneira.

— Todos podem voltar. Fica o dono da roça para falar comigo e ajudar a salga — falou o Baldez.

— Pois sim, seu coronel. Brigado a vosmicês — responderam os Arrudas, sem contudo arredar os pés.

— Antes, seu José, peço-lhe retirar o filé do novilho, bem tirado e pendurar na despensa das selas. Tenho uma encomenda para ele. O dono está esperando...

A faca de José correu afiada em golpes compassados e rápidos, cortando de cima a carne macia, filé bem fino.

— Pronto, seu coronel.

— Pois pendure ali, no gancho da esquerda.

Todos estavam intrigados. O coronel tinha olhos diferentes. Pálido e tranquilo, repetia de vez em quando, olhando a salga:

— Meu cavalo só é bom na estrada.

Às cinco da tarde estava tudo pronto. Vendidos alguns quilos para os compadres de perto, a carne salgada e amontoada no cofo velho de boca larga, em mantas, desdobradas pelos colins afiados, abrindo refolhos e folhas nas postas gordas onde os dedos grandes dos caboclos corriam com o sal nas menores dobras.

O anoitecer na fazenda era o de sempre. Vacas tocadas para o curral de aroeira, bezerros grandes soltos do chiqueiro para pastar à noite, arreios dependurados, cavalos lavados e desencabrestados, as tochas de lamparina se acendendo nas palhoças dos vaqueiros, férias, ajudantes e crias. Na casa-grande o lampião de manga. As mulheres banhadas, com os cabelos estirados, monotonamente olhando o

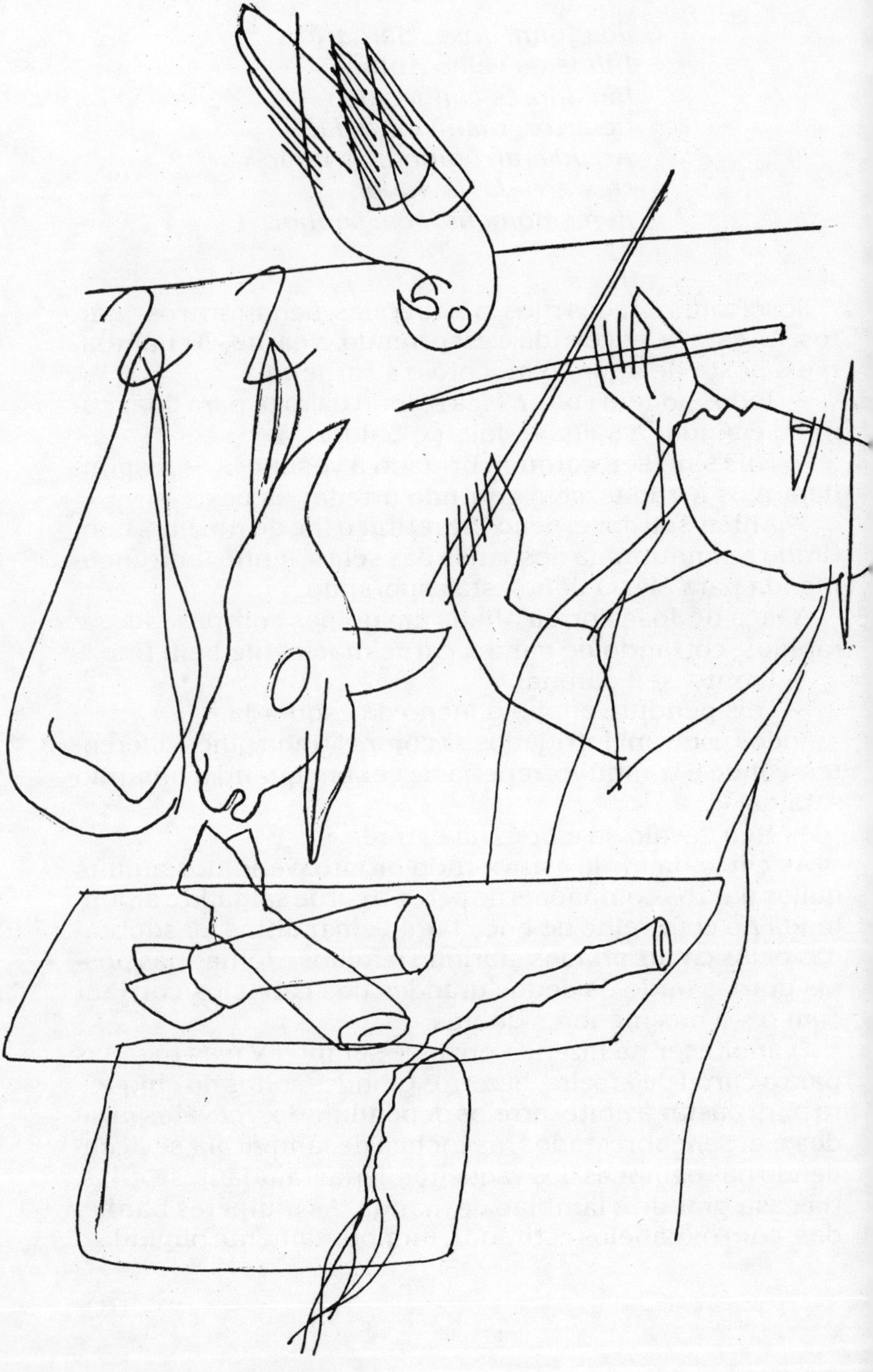

caminho, pondo mesa, lavando os filhos e os homens suados, transpirando por todos os lados, recendendo a bicho, ultimando a coisas a fazer.

Na casa da matalotagem, Satiro Língua-Mole sentado no tamborete do canto. Em sua frente, da novilha araçá só restava o filé esguio pendurado e cheio de mosquitos, varejeiras e carapanãs, começando a apodrecer, e de longe, nas viradas da brisa, um cheiro de carniça.

Atrás do curral, como quem nada quer, espantados, esperando o banzeiro, José e Margarido perto da porteira à espera de que o coronel despachasse o primo Satiro. Desde pela manhã estavam sem comer. Água tinham bebido na cacimba sem que algum dos moradores ousasse dar-lhes uma cuia de arroz. Estavam esperando, tranqüilos, encostados nos varais, que a noite chegasse.

O coronel José Raimundo jantou bem. A carne assada da araçá, assada na salmoura com pirão de leite. Desfiada, macia, bem cortada para ajudar sua dentadura.

Tinha uma certa euforia no olhar e uma alegria da presa certa.

— Um no papo, outro amarrado no mourão...

Todos o conheciam de sobra. Aquele homem preso na casa da matalotagem que esperasse a noite, sem receios de atravessá-la tranqüilo. Na cozinha, Tude Tributino estava risonho. Ele sabia de alguma coisa. Bebera uma meia garrafa de cachaça e jogava os punhados de farinha-d'água na boca, intercalados com dentadas no pedaço gordo de alcatra tostado pela brasa. Tributino tinha alguma tradição. Pistoleiro respeitado e afamado, homem de confiança e valente, atirava de revólver na cabeça de surulina para não estragar. Seu 38 duplo preso ao cinturão de sola numa capa amarela rendada de pelica branca. Azeitado, balas novas, e no pano da costela esquerda aquele punhal de 40 centímetros, elegante, bem amolado, ponta fina, de cabo estreito e chato, presente de um amigo de Campina Grande.

Arruda, arrudinha, arrudão,
Três Arruda lavrador,
Filhos do velho Antão,
Livres negros, sem senhor.

As quadras do violeiro mastigavam a cabeça do Margarido. Ele ali estava, vendo a noite subir com olhos de cansaço.

> *Andrequicé, canarana,*
> *arroz-brabo de fundão.*
> *Nos tesos do alto além*
> *arroz mesmo crescidão.*
> *Arruda, arrudinha, arrudão.*
> *Três arruda lavrador*
> *filhos do velho Antão,*
> *livres homens, sem senhor.*

A cada minuto que passava o cheiro do filé era pior. Satiro sentia náuseas da carniça e tonteiras pelo jejum do dia. Por mais que a canseira e o sono lhe viessem, não conseguia evitar o cheiro da podridão. As pontas da camisa e braços já estavam doloridos de apertar contra o nariz.

Eram quase onze horas da noite quando os três vultos saíram da casa-grande com uma lamparina de tocha. Um era o coronel, outro Tributino, e o outro o negro Zé Gregório, afilhado e cria da casa, que participava de toda a vida do coronel, acompanhando-o não só nessas noites como nas noites em que ele saía para dormir com a mulher do Neco Dondon, a duas léguas, na coivara de cima. Caminharam para a casa da matalotagem a passos ligeiros. Gregório levava a tocha e o coronel era o último dos três.

Os Arrudas viram, olhos semi-abertos na noite, aquela luz vir vindo para a casa da matalotagem e, espantados, tentaram acordar, e acordaram. Seguiram a labareda fumacenta com os olhos, e se preveniram.

O velho Baldez despertou Satiro. O cheiro do filé já estava bom. Bem bom, mesmo. Tributino e Gregório, ligeiros, amarraram as mãos e os pés do Língua-Mole, que não teve como resistir. Baldez deu as ordens:

— Corta a ponta, sabreca na lamparina e dá para esse moleque comer. Se ele matou a novilha, o filé é dele, e quem come do meu pirão entra no meu cinturão...

— Seu coronel, me mate mas num me matraque.

— A gente mata homem, moleque morre de caganeira...

— Vambora — gritou Tributino —, come logo...

O cheiro da carniça estava perto de seu nariz e de sua boca, misturada com fumaça e fuligem de querosene. Jamais Língua-Mole teria força para comer aquela pústula.

Gregório avançou e cumpriu a tarefa de abrir a boca do prisioneiro enquanto Tributino, com a ponta da faca de Campina Grande, empurrava os pedaços de carne que Língua-Mole refugava.

— Amarra o cinto de sola no queixo e deixa o patife engolir — gritou o coronel Baldez.

Gregório apanhou o cinto de sola grossa cheio de buracos para obrigá-lo a engolir o filé da novilha. Repetiram a façanha uma, duas, três vezes, entrecortadas de ordens do coronel.

— Mete a preaca, Tributino.

Tributino manejava então um relho de couro de três pernas, rijo, e o encostava em Satiro, que gemia.

Os Arrudas foram ouvindo e foram vindo. Ouviram os gemidos e as vozes.

— Mete a preaca... meta a preaca...

Os olhos vivos de Margarido dançaram, correra de lado e na escuridão falavam.

— Estão matando o homem, José...

— Estão...

Como um raio, Margarido aproximou-se e abriu a porta. Meteu a mão e apagou a tocha da lamparina no batente da entrada. A escuridão invadiu tudo. Tributino atirou.

— Quem é? — gritou o coronel Baldez.

— Os Arrudas — respondeu Tributino.

Outro tiro saiu. O negro Gregório deu um uivo e correu. Margarido estava grudado no chão rastejando matreiro. Era uma cobra, era um rato. Sua mão tateava como barbatanas de barata pelo chão. Procurava alguma coisa. Sabia que devia aparecer por ali. Invocou as graças do padroeiro Padre Cícero. Ele lhe dizia que estava ali. Deus mandasse a faca.

Joaquim, José, Margarido,
Três filhos do Velho Antão,
Lavradores conhecidos
De arroz, maniva e feijão...

E estava. A faca de Campina Grande, 40 centímetros. O tempo era breve, rápido tinha de agir.

Ouviu-se outro tiro.

— Morreu Língua-Mole ou quem foi?

— Ainda não, desgraçado — respondeu José.

Margarido fez pontaria no rumo da voz.

Tributino também fez.

Viu-se aquele grande salto na escuridão. O corpo do negro voando em busca do corpo do pistoleiro. E foi. Margarido sentiu sua mão na barriga de alguém, levando a faca de Campina Grande à frente. Agora era balançar. Balançou. O sangue quente espumou e Tributino tombava.

— Um já foi? — perguntou José.

Ninguém disse nada. Apenas o gemido.

— Bandido, filho da...

O velho Baldez estava de cócoras num canto. Revólver em punho, calado. Sabia que se tivesse de correr arriscava mais. Dois dos tiros que saíram foram dele. Já ouvia vozes. Era o negro Gregório que voltava trazendo socorro. Margarido sabia que não podia demorar. Correu a mão na mão do Tributino que estremecia. Os dedos da morte retinham o coldre. Mas o 38 estava frouxo. Segurou-o firme. Invocou ainda uma vez o Padre Cícero. Indicasse onde estava o coronel. Fez promessas. Dois alqueires de arroz para o santo em louvor e honra.

Saiu mais um tiro. Ali no rumo do cheiro de pólvora. Era a graça do Padre Cícero. Margarido ouviu a boca da fumaça e não vacilou. Atirou certo. Houve um pulo de sapo. Atirou de novo e o silêncio nasceu. Sentiu que podia levantar. José estava no chão. Tinha um balaço na coxa.

— Alguém meu 'tá ferido? — perguntou Margarido.

— 'Tou baleado — respondeu José.

Satiro vomitava os restos da araçá. Amarrado mesmo, Margarido o pôs nas costas.

E saiu, seguido de José e montado por Satiro. Os gemidos do coronel eram longos e ficavam atrás.

*

Na mata eles já ouviam o tropel da Justiça chegando nos braços de quarenta soldados armados. Incendiando os paióis, as roças, os porcos, as galinhas, os cachorros daqueles que negavam as escrituras, beleguins, tabeliães, timbres, talões, e diziam que aquelas terras eram dos sem-dono, invocando as luas que ali moravam. As mulheres rezavam, cantigas, despachos pedidos, oferendas, tudo, para que os santos abrandassem o coração dos homens.

Na rede branca do coronel seu corpo na taboca. Os Arrudas no caminho das matas. Com mulheres, filhos e filhas, afrontando as Benditas da Penosa, abrindo novas puídas.

— Que rumo? O Tocantins, mais longe.
— Adeus, meu Ceará, pela seca. Adeus, meu Maranhão, pelos homens!
— O rumo?
— O Tocantins. As beiras da Belém-Brasília onde ninguém está até o dia em que chegar o título do rei e dos grandes.

> *Arruda, arrudinha, arrudão,*
> *Joaquim, José, Margarido,*
> *Filhos do Velho Antão,*
> *Lavradores conhecidos,*
> *De arroz, maniva e feijão...*

BEATINHO
DA MÃE DE DEUS

"A verdade é como o manto de Cristo:
não tem costura."

Antônio José
(Lavrador em São José das Mentiras)

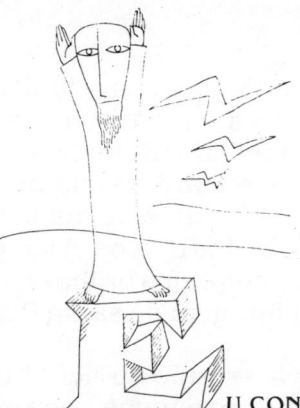

U CONTO a história do beato João, assim nascido: Almeida da mãe; Zeferino do pai, que lhe deu o nome, sem sobrenome: João Almeida do Zeferino, lembrado por todos quando menino e moço.

Nascera no Olho d'Água da Paciência, terras de babaçu, cutia e carrapato, tudo de um dono só, trinta léguas no caminho das boiadas de Góias e vinte até as barrancas do Parnaíba, quando o Maranhão deixa de ser para virar Piauí.

João do Zeferino cresceu pálido. Começou a ficar rapaz sempre pálido, olhos tristes e amarelos de rezar dia e noite. A princípio rezava sozinho, depois com os irmãos e pais, a seguir com os amigos, e ainda com a vila, mais adiante com todos os conhecidos dos arredores, e por fim com os desconhecidos de longe, até aonde ia chegando a legendária fama de suas curas.

Já então se chamava Beatinho da Mãe de Deus, nome que a si mesmo escolheu, porque a Mãe de Deus era sua força e guia. Desde aí, de todas as terras chegavam devotos.

— Seu Beatinho, veja a minha chaga: foi um berne apostemado. Dê benção a ela.

João do Zeferino fechava os olhos. Sua palidez era mais profunda ainda. O rosário gasto e sujo se cruzava em cima da ferida.

— Vai, filho. Crê na Mãe de Deus. Deus quer, Deus quis, Deus seja louvado, ela vai fechar. Três lavagens de chá de casca de caju. No fim da lua, monta teu cavalo e corre os campos.

— Seu Beatinho, amém à Mãe de Deus, peço Vossa benção.

— A Mãe de Deus abençoe o povo.

Homens, mulheres e crianças, do meio-dia à meia-noite, vinham receber do Beato a força de sua santidade. Suas mãos aleijadas não podiam fazer o sinal-da-cruz e suas vestes eram aquele branco e encardido chambre, a acolher a poeira das chinelas. Um crucifixo de madeira ao pescoço e dois menores pendentes dos braços. A voz era fina e leve, mas encantava a gente e nos olhos brilhava um brilho amarelo que só era visto na imagem de santa Rosa de Lima da matriz de Loreto.

Seu prestígio ganhava o sertão do Meio-Norte. Sertão de palmeira e chapadões, brejos poucos, caça muita. Homens que não sabem letras nem números, nem datas, e contam pelas luas, pelo dedos e pelos filhos que morrem.

Sua casa era pequena para a causa. Quis fazer uma capela e fez. Dádivas foram trazidas, cachos de arroz, pencas de bananas, frascos de babaçu, juritis, vendidos em leilões de fé para fazer a capela em honra da Mãe de Deus, porque nunca chamou a Virgem de Maria ou Nossa Senhora e sim a Mãe de Deus, sua protetora e guia.

Sua força crescia. Os caboclos agora não iam somente ouvir a orientação das horas de desespero ou de angústia. Nada faziam sem que o Beatinho da Mãe de Deus mandasse. O Olho-d'Água da Paciência, que somente conhecia a autoridade da Polícia, encontrava outra: a voz de João do Zeferino.

A fisionomia da vila mudara. Sentia-se coisa nova nas estradas melhoradas e no movimento da feira. Às sextas, dia da Ladainha Geral dos Homens (porque o Beatinho tinha o seu ritual), ali acampavam peregrinos de todos os lados. E com eles as festas de arraial, dinheiro correndo, as roletas, as caipiras, as vendas de miçangas e de tudo, selim, sela, pelego, espelho, contas, fitas, sedas, mesclas, chamador de nambu, cintos, facas, fivelas, chapéus, medalhas, estampas, defumadores, velas, carne de caça e de criação, chocalhos de cascavel, patchuli, canas, tiquira, frutas, cajuína, alpercatas e sebos de Holanda de todos os cheiros e todas as graxas.

Mas o Olho d'Água da Paciência ficava no município de Encantado, e o município de Encantado era um dos feudos fechados do partido que era único porque outro não tinha e há muito em todas as eleições surrava os adversários a zero, e estava no poder todos esses anos, também a zero. E no Encantado quem era prefeito era o filho do coronel Zacarias Mamude, que sucedera ao genro do seu pai, que por vez sucedera ao sogro.

O coronel Zacarias Mamude era a ordem e a desordem. Dera um filho para afilhado do coronel João Lino, dono estadual do partido. Sua voz era a lei e ninguém ousava discutir naquelas paragens um mando seu. Era dono de tudo, de todas as casas de telha da vila, das melhores terras, do único caminhão das viagens, do juiz, do delegado, do escrivão, do vigário, do carcereiro, das professoras, do agente do correio, do agente de estatística, dos vereadores, do porteiro das audiências e do porteiro do cemitério.

A notícia das artes do Beatinho da Mãe de Deus assustou o chefe do Encantado. O que diziam é que ele não estava só curando o povo, mas transmitia ordens da Virgem para ninguém entregar a meia da apanha e quebra do coco-babaçu e das roças, e se recusava a pagar o imposto de suas rezas, o barato das caipiras, as licenças das festas e das barracas, e não queria dividir com o delegado do Olho-d'Água da Paciência as dádivas de sua igreja.

Outros murmuravam que o Beatinho da Mãe de Deus estava prendendo os títulos eleitorais e desejava restaurar a oposição do município, onde havia muitos anos ela deixara de existir, pois o último chefe oposicionista que ali surgiu, depois de uma surra, dada espontaneamente pelo povo, fora posto nu em pêlo numa canoa a descer o rio.

A verdade é que Zacarias Mamude quis saber de perto sobre o santo da Paciência e para lá partiu com seus soldados em suas mulas.

A conversa com o Beatinho foi franca. Sua religião só continuaria no município de Encantado com uma declaração de apoio político e divisão das rendas com a delegacia.

— Seu Beatinho, o senhor quer revoltar o sertão?
— Não é verdade, seu Zacarias!
— E o dinheiro da delegacia?
— As roletas e caipiras são dos devotos da Mãe de Deus. Deus quer, Deus quis, Deus seja louvado, seu Zacarias. Viva vosmecê e a Polícia.

O coronel Zacarias Mamude cerrou os dentes. Nunca em toda a vida ouvira alguém discutir uma opinião que tivesse. Agora ali estava aquele homem de chambre branco, esquelético e aleijado, revoltando o povo.

— Delegado. A partir de hoje quebre as roletas, feche as caipiras, jogue a capela da Mãe de Deus embaixo e leve o Homem para dormir alguns dias na cadeia do Encantado.

Bem dito, melhor executado. Resistência houve. Dos doentes, dos velhos, dos rezadores, das cantadoras, do povo que dera jóias para erguer a capela. Alguns tiros, outras cacetadas, e no fim da tarde a diligência voltava com o Beatinho da Mãe de Deus, as mãos amarradas, num jacá de carga, escoltado pelos soldados fiéis.

Alguns lamentaram. Outros choraram. A todos a voz fina e leve do Beato respondia:

— Deus seja, Deus quer, Deus quis, Deus seja louvado. A Mãe de Deus dá benção ao povo.

A notícia correu léguas. Na capital do Maranhão, o outro partido, acirrado e tradicional adversário, reuniu o Diretório e denunciou o crime vergonhoso praticado pelo governo para manter o sertão ocupado. A nota oficial, divulgada com cercaduras de franjas e tarjas, falava que o *"Libertador do Sertão tivera seu lar invadido e a Polícia praticara várias mortes, derrubando igrejas e partindo imagens"*.

As sirenas da *Tribuna da Liberdade*, que exprimia a alma revoltada do povo, bíblia infalível desde os aglomerados de verdureiros das paradas do Posto Fiscal do Anil até os revendedores de peixe da praia do Caju, anunciavam a grande manchete do dia seguinte:

"Beatinho MD, Tiradentes do Olho-d'Água da Paciência."

A Verdade, de tiragem reduzida mas nem por isso menos lido, órgão de trinta anos de agressiva tradição governista, bons serviços prestados à defesa da Polícia, do governador, dos secretários (sem exceção nem interrupção), explicava os fatos:

"Leproso fantasiado de padre desmoraliza Igreja Romana!"

"Governo vigilante toma providências enérgicas."

Na cadeia do Encantado, o mártir João do Zeferino, entre preces e louvações, resignado, pedia graças à Mãe de

Deus. Boatos corriam, trazidos por todos os tropeiros, que já vinham com o arroz das roças amadurecidas, de que colunas de peregrinos tomavam posição para atacar a prisão e libertar o Beatinho. A princípio, conversa, apenas. Depois um positivo mais positivo dava notícia de que a revolta era grande. Dúvida sim, dúvida não, o melhor foi feito. Numa madrugada alta, o tenente Barnabé, mandado pelo governador, e mais dez praças, saía pelos atalhos levando João Zeferino, Beato da Paciência, para ficar a salvo dos romeiros, preso na penitenciária da Capital, às ordens da Justiça, longe do seu povo.

A notícia da chegada do Beatinho a São Luís encheu a cidade de ódio.

Restava agora comandar a luta. O partido da oposição entrou forte. O bravo deputado Roberto Botelho, homem de muita ação e de muita palavra, assumiu a chefia do movimento. À frente de três dezenas de ardorosos correligionários, medalhas de prata e ouro de tantas lutas, todos **membros do Diretório**, guardados pelo estandarte do **partido, ali** estava, diante da chefia de Polícia, exigindo, **sob a proteção** da bandeira nacional, a liberdade para o **Beatinho da Mãe de Deus.**

Apesar de sábado, o Tribunal de Justiça, convocado **diante** da gravidade do momento, se reunira à tarde, **para julgar** o *habeas-corpus* impetrado, cuja petição invocava a nossa tradição jurídica, com citações bem escolhidas de Rui e Nabuco. O resultado foi espetacular. A Justiça não faltara nessa hora difícil. Dos cinco desembargadores apenas um negava a ordem de soltura, não só por ser antigo e fiel membro do partido do governo como também por não se encontrar insofismável, pela prova dos autos, a prisão do paciente.

A passeata estava na rua. O deputado Botelho, com o alvará de soltura na mão, ia para a penitenciária trazer o Beatinho para a liberdade. Assim foi.

A rua do Sol, onde se olhava o sol nascer e morrer, tinha todas as famílias na janela. Os oposicionistas iam a passos largos, mãos levantadas, buscar quem a Polícia prendera para poder roubar o barato das caipiras e impedir que mandasse os caboclos votar contra o coronel Zacarias Mamude, nas terras invictas do Olho-d'Água da Paciência.

Os olhos do deputado Botelho flamejavam. Fora realmente o grande lutador pela liberdade do Beatinho da Mãe de Deus e ninguém mais do que ele tinha o direito de trazê-lo nos braços, pela rua, mostrando sua simplicidade e sua dedicação aos companheiros, e de levá-lo para a sede da *Tribuna da Liberdade*, onde começavam e acabavam todos os movimentos cívicos do partido. Às seis da tarde, a passeata chegava com o Beatinho da Mãe de Deus à redação. Derrota formidável. As perguntas choviam. O místico calado estava, mais calado continuava.

O deputado deu por terminada a missão. Disse ao Beatinho que dentro de alguns dias ele regressaria ao Olho-d'Água da Paciência, e lá no município do Encantado, com a proteção do alvará de soltura, ia pregar sua fé e fazer os seus milagres. A igreja seria reconstruída e a vitória da causa assegurada nas terras do coronel Zacarias.

Deram uma cadeira para o Beatinho da Mãe de Deus sentar. O melhor lugar seria a clicheria do jornal, mais resguardado daquela avalancha que ali disputava olhar o homem que fazia milagres.

O deputado Botelho não resistiu:

— Seu Beato. O povo quer ir embora. Antes deseja ouvir sua palavra. Fale ao povo, seu Beatinho.

Os olhos amarelos do João do Zeferino ficaram mais amarelos ainda. A sua palidez aumentou. Era a transfiguração. Todos ficaram calados e houve gente que sentiu vontade de se ajoelhar. Aí veio aquele fio de voz débil, fanho e fino, saindo do chambre branco e sujo, com as contas e terços enrolados naquele que desde moço era protegido da Virgem e agora perseguido da Polícia.

— A Mãe de Deus abençoe o povo. Dou a benção. Deus seja, Deus quer, Deus quis, Deus seja louvado, seu Botelho. Amém.

Os redatores voltaram às máquinas. Botelho saiu para falar na rádio. Os acompanhantes pouco a pouco foram rumando para casa, esperando o domingo do dia seguinte, dia de repouso, para melhor servir ao Senhor. À meia-noite, já o primeiro número do jornal estava pronto. Nele, a foto-

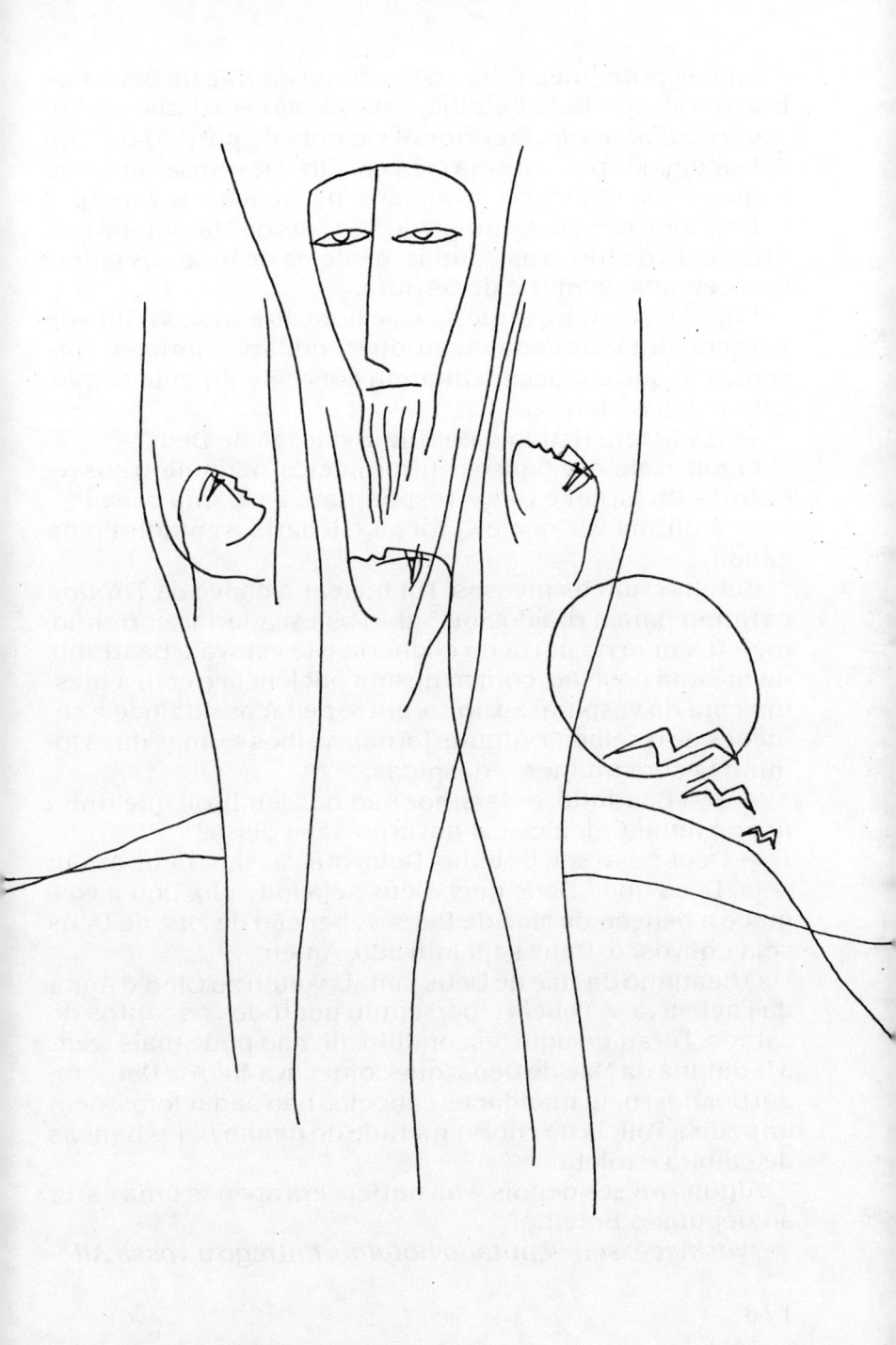

grafia da primeira página: o Beatinho da Mãe de Deus nos braços do deputado Botelho, subindo as escadarias da *Tribuna da Liberdade*. O editorial e a nota do partido tinham sido redigidos pela mesma cabeça. Citações em latim e sem esquecer de chamar o adversário de cloaca e sevandija.

Domingo de sol. Domingo de São Luís do Maranhão. Alegre. Vento de todas as bandas, azulejos de todos os lados: ilha cercada de mar e de ternura.

Botelho acordara tarde. Quase hora do almoço. A luta da véspera fora tremenda. Acordou tranqüilo. Vitorioso, mas sentindo que esquecera alguma coisa. Realmente esquecera e deu o alarme.

— Onde terá ficado o Beatinho da Mãe de Deus?

Ligou o telefone para os outros líderes, perguntou aos redatores do jornal e todos respondiam a mesma coisa:

— A última vez que o vi foi na clicheria, sentadinho na cadeira.

Botelho saiu às pressas. Foi buscar a chave da *Tribuna* e rumou para a rua do Sol. Subiu as escadarias correndo, meteu a mão na porta da clicheria e lá estava o Beatinho, na mesma posição, com a mesma paciência e com a mesma cara da véspera. Sozinho, entre pedaços de zinco e soluções de revelação. Alguns jornais velhos e umas duas folhinhas com mulheres despidas.

— Seu Beatinho, e o senhor não nos lembrou que tinha ficado aqui! Calcule se o governo sabe disso?

— Deus seja, seu Botelho. Deus quis assim, Deus assim seja. Deus quer, Deus quis, Deus seja louvado. Dou a vosmecê a benção da Mãe de Deus. A benção da Mãe de Deus seja convosco. Deus seja louvado. Amém.

O Beatinho da Mãe de Deus jamais voltou ao Olho-d'Água da Paciência. A Polícia o perseguiu por todos os cantos do estado. Foragido aqui, escondido ali, não pôde mais rezar a ladainha da Mãe de Deus (que começava *Mãe de Deus, rogai por nós*) nem mandar os caboclos não pagar foros, nem impedir a Polícia de cobrar metade do ganho pelas bancas de caipira e roleta.

Alguns meses depois, sua notícia era apenas uma carta ao deputado Botelho:

"*Vosmecê, seu deputado Botelho. Entrego a Vossa Alte-*

za os mistérios de minha igreja e os prejuízos que a Polícia me deu. Peço três vidros de inhame pra izipra do sangue."

Deus seja, Deus quer, Deus quis, Deus seja louvado. Dou minha bênção da Mãe de Deus.

Ass. João Almeida do Zeferino, Beatinho da Mãe de Deus."

DONA MARIA BOLOTA QUE EMPRESTA DE BOM CORAÇÃO

> "Não há lobisomem mais feio do que homem quebrado."
>
> PROVÉRBIO MARANHENSE

A LOJA de dona Maria Bolota, naquela manhã como em muitas outras, estava vazia e triste. Dois burros amarrados. Um de perto, trazendo uma pesada pequena de tucum, dali dos Biribós, e não querendo comprar nada, senão receber o seu dinheiro, para ir à farmácia, levar uns xaropes para matar a tosse doida dos curumins que estavam botando catarro por todos os buracos. O outro era o burrinho das barricas d'água do rio para encher o pote, a tina da cozinha, o tanque do banheiro e a jarra da bacia da varanda. Uma carga era contada para tudo isso.

Bolota aviava o primeiro, o burro do Joaquim dos Biribós, o dos tucuns, caboclo mais amarelo que araticum maduro, e olhava o moleque Jeju na tarefa da água, sempre molhando o corredor e a calçada. Foi nessa hora que chegou Tomazinho com a notícia má. Tomazinho era freguês de meladinha, manhã sim, manhã talvez, e manhã de domingo nunca. Reclamava muito a mistura da meladinha que para ele só era mesmo boa se fosse feita com mel de tiúba, um terço de mel e dois terços de tiquira. A tiquira também não devia ser qualquer uma. Precisava ser de mandioca de terreno de areia, porque a mandioca de terreno de muita areia tem sabor melhor, faz farinha melhor, dá melhor bolor e destila melhor.

— De onde é a tiquira dessa meladinha? — sempre perguntava antes de beber.

— É daqui mesmo, seu Tomás, do alambique do Tequinho — respondia Bolota.

— Aqui não dá boa tiquira, dona Bolota. Por que a senhora não manda buscar tiquira do Munim, da lateral da cabeça?

— Para vender para quem, seu Tomás?

— Para mim, dona Bolota.
— Ora, ora, seu Tomás!

Tomás era vendedor de banhos cheirosos no mercado e depois da venda, a garganta cansada, morando na ponta da rua, não perdia uma parada na quitanda de dona Maria Bolota, sua conhecida de muitos anos, senhora de recursos, com dinheiro no baú; e que emprestava, a juros módicos, aqueles vinténs que ganhara no casamento que fez com o carca Azib, o que morreu na travessia do Parnaíba quando vendia fazendas e óleos.

Tomás trazia a d. Maria Bolota, que em nenhum momento de sua vida, agora quase no fim, desmereceu o dinheiro do Azib, herdando a avareza, o comércio, e umas três vacas, a notícia de que o padre Geraldo ia embora do São José e para sempre.

— É. O bispo achou que o padre Geraldo não é padre para ficar aqui no nosso São José. Tem muita força de palavra e vai servir no bispado do Maranhão — afirmou Tomás, misturando à nova uns goles de tiquira e mel.

D. Maria Bolota nem bem ouviu, pediu repetição.

— Que história é essa, seu Tomás?

— É o que estou dizendo, dona Bolota — respondeu, e continuou. — A senhora não sabe que o bispo está de passagem pelo São José com oito padrecos e dois monsenhores na desobriga do ano? Pois o padre Geraldo falou no encerramento da ladainha geral de ontem à noite e fez bonitão. Falou das escrituras sagradas, cheio de latim pela boca. O bispo ficou besta. Aliás, dona Bolota, ele já tem cara de besta, mas ficou mais ainda.

— Ora, seu Tomás, eu 'tou é o senhor falar uma coisa dessa. De besta ele só tem mesmo a cara. O senhor não se lembra que ano passado ele saiu daqui montado no cavalo do Macico, que tanto pediu que Macico teve que dar?

— Não lembro não, dona Bolota.

— Pois lembre, seu Tomás. O povo sempre fala, seu Tomás. Esse bispo com essa mania de dizer que é rico vai levando bem. *"Sou nobre três vezes: sou nobre porque sou príncipe da Igreja, sou nobre porque sou rico, e sou nobre porque sou Adriano, dos Adrianos da Resistência do Mata-Pasto e da Revolução de Dona Maria da Fonte da cidade do Porto."*

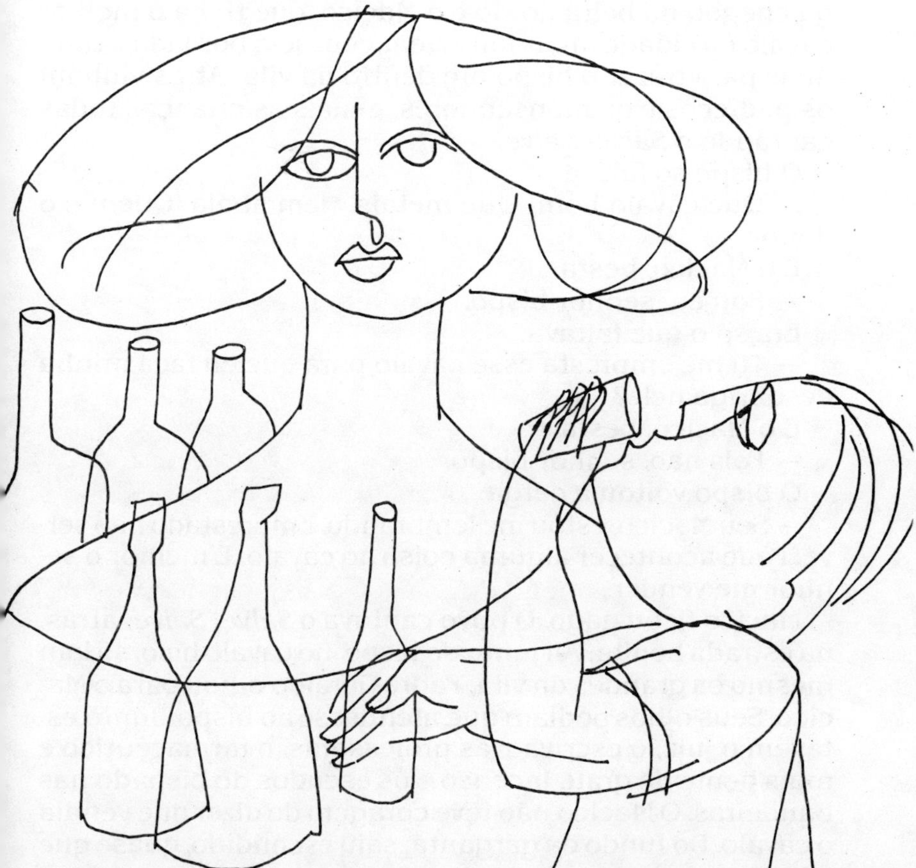

— E ele fala tudo isso, dona Bolota?

— Ora se fala, seu Tomás, o povo é quem sabe. Pois não foi assim que ele ficou com o cavalo do Macico? A desobriga chegou na beira do rio e o Macico, que tinha o melhor cavalo da cidade, mandou arrear com sela bordada e tudo mais para trazer o bispo até dentro da vila. Atrás vinham os padrecos e os monsenhores, e mais as crianças todas cantando o *Salve, Salve.*

O bispo só falava:

— Que cavalo bom! Que metais! Nem abala. Quem é o dono?

E o Macico, besta:

— Sou eu, senhor bispo.

Era só o que faltava.

— Tu me empresta esse cavalo para que eu faça minha desobriga nele?

E o Macico, besta:

— Pois não, senhor bispo.

O bispo voltou à carga:

— Seu Macico, estou me lembrando. Emprestado não serve. Pode acontecer alguma coisa ao cavalo. É melhor o senhor me vender.

Macico ficou gago. O povo cantava o *Salve, Salve,* atrás, na estrada bonita. Ali junto do bispo, no cavalo baio, só iam mesmo os grandes da vila. Padre Geraldo olhou para o Macico. Seus olhos pediam que atendesse ao bispo. Junto estavam o juiz, o escrivão, as professoras, o farmacêutico e mais gente de grau. Incenso e os escudos do bispado nas bandeiras. O Macico não teve coragem de dizer que vendia o cavalo. Do fundo da garganta, saiu escondido, quase que não era nem fala:

— O cavalo é seu, senhor bispo — coagido com o vozeirão do bispo que nem uma faca no peito.

— Ora, dona Bolota, o cavalo do Macico continua com ele até hoje — contestou Tomás.

— Já lhe conto o resto. Foi o quanto bastou para o bispo falar:

"— Muito obrigado, meu filho, pelo teu cavalo."

E refastelou-se e fez a viagem daqui para a freguesia do Encantado, do Rio Bonito, do Quebra-Pote e todas mais. Mas teve que voltar aqui pelo nosso São José para pegar o rio e descer para a capital, que este é o caminho reto e certo. Pois bem, na volta manda chamar o Macico e fala:

— Olha, Macico, o cavalo que era teu é muito bom. Mas estou pensando se devo levá-lo para a capital. Como posso tê-lo na quinta da diocese? Dará muito trabalho. Quanto vale teu cavalo?

— Oitocentos mil-réis — respondeu Macico.

— Pois bem, tu já estás acostumado com teu cavalo. Dou-te a preferência. O cavalo é teu. Deixo por quinhentos mil-réis.

E o Macico besta tirou os quinhentos, entregou ao bispo, e recebeu o cavalo dele de volta, magro, esfomeado, acabado, depois de três semanas de viagem. O povo, seu Tomás, sabe das coisas...

Tomás ouviu a história de dona Maria, língua afiada no São José das Mentiras. Dom Adriano era conhecido naquelas paragens do Maranhão pelos casos contados. Extrovertido, franco e claro, e tendo-se a si mesmo como príncipe da Igreja, como príncipe se comportava: era o representante de Deus e agia sem rodeios. Fazia a sua peregrinação anual pelo sertão e costa, e agora estava de volta ao São José, bolsão de entrada para a grande região deserta de infiéis e pagãos que é o vale do São José das Mentiras.

Tomás descreveu para dona Bolota o sermão pregado pelo padre Geraldo: padre novo, lutando para levar avante a escola paroquial, a banda de música da igreja, melhorar a sacristia e a residência do vigário, amável com todos e padrinho de muitos.

— Dona Bolota, como ia dizendo, o bispo ficou besta com a falação do padre Geraldo. Ele falou que tudo o que tem feito nada é dele, tudo é de Deus. E citou as Escrituras, tudo do passado mostrando que aqueles que se abaixaram para alevantar a Deus, Deus alevantou. E lá vai falar em todos os "ãos" dos testamentos: Gedeão, Salomão, Abraão, João. O bispo não fez pestana. Lá mesmo, no meio da ladainha, Dom Adriano abriu aquele vozeirão, depois da fala do padre Geraldo:

"— Padre, arrume as malas que amanhã vosmicê vai comigo. Padre inteligente como o senhor não é para ficar aqui

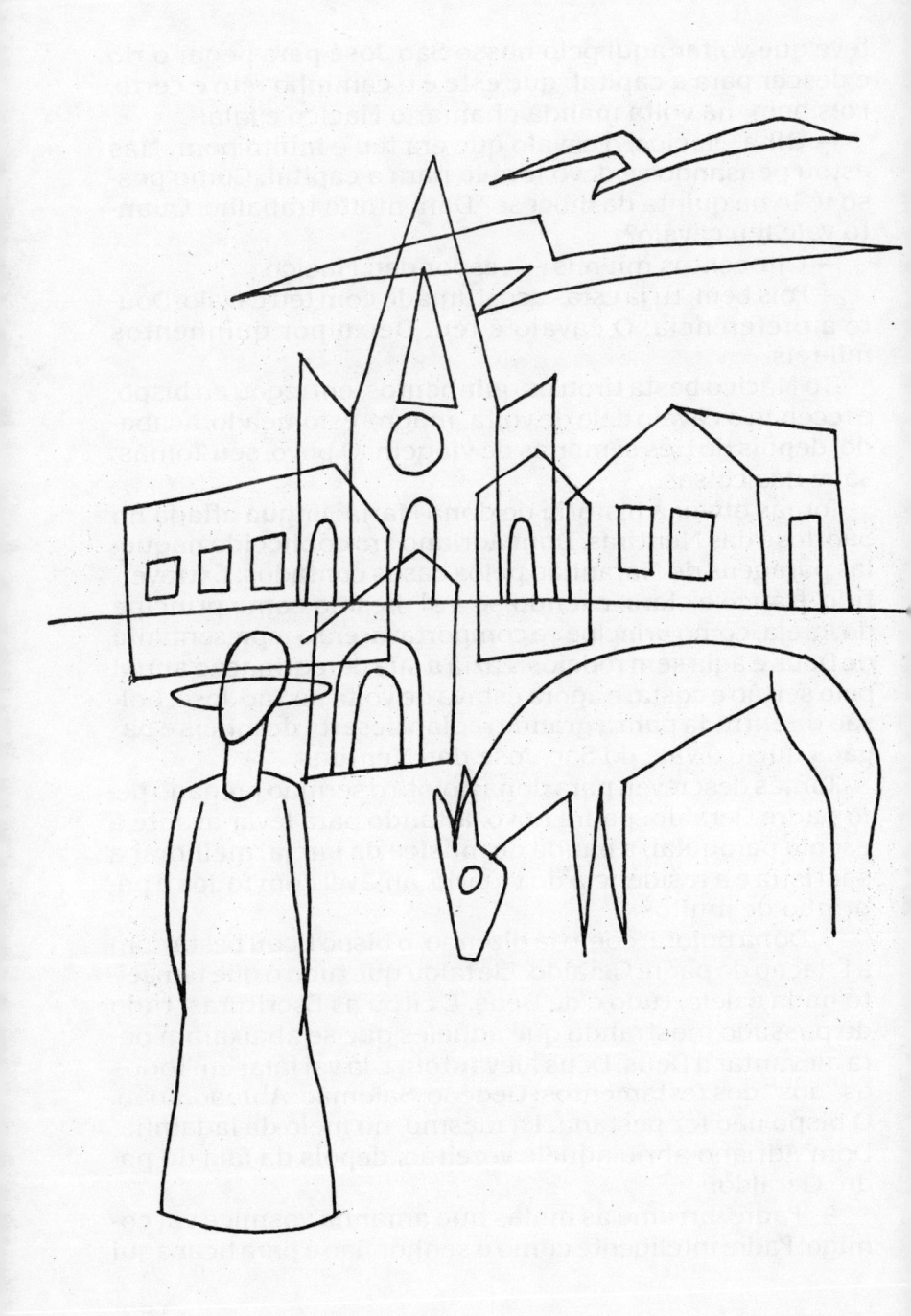

pregando para este bando de zebras. Isto aqui é lugar para colocar um monsenhor velho daqueles que eu tenho lá no Maranhão, com orelhas maiores que dois palmos."

E continuou o Tomás:

— Os monsenhores sorriram, agradecendo ao bispo. O juiz fechou a cara, mas o povo gostou. Gostou, dona Bolota, porque disse a verdade. Nós entendemos aquele latim embrulhado do padre Geraldo?

— E Dom Adriano entendeu, seu Tomás?

— Ele, se não entende, ao menos estudou.

Dona Bolota estava irritada. Alguma coisa não lhe agradara na notícia da viagem do padre Geraldo.

— A que horas sai a comitiva do bispo?

— Às duas horas da tarde — respondeu Tomás.

Eram dez da manhã e o sol estava começando a esquentar. Dona Bolota não quis ouvir mais nada. Gritou pelo moleque Jeju, mandou tirar da burra as tamboretas de água e colocar a sela. Precisava ir à casa paroquial falar com o padre Geraldo. Em pouco menos de meia hora já estava em caminho, com suas nádegas carnudas sacudindo no selim, cabeção firme, relho forte, pedindo mais pressa à burrinha das águas. Chegou à casa paroquial onde o bispo estava também hospedado, com a sala cheia de beatas a pedir bênção e a levar presentes, e a todos dom Adriano firme, com a sua barriga e o vozeirão maior:

— Deus abençoe, filhos. — E já irritado: — O lugar para ter beata chata este São José. Tragam a limonada.

Dom Adriano bebia muito limão. Tinha uma teoria própria que comunicava a todo padre novo. "Tomem muita limonada e chupem muito limão. Limão é bom para padre. Tira a tentação da carne."

Dona Bolota não deu atenção ao bispo e foi direto ao padre Geraldo. Ele estava no salão nobre da casa paroquial conversando com alguns amigos. Ela foi entrando. Chamou o padre Geraldo para um reservado. Antes de mais nada soltou à queima-roupa:

— Padre Geraldo, o povo *andam* dizendo que o senhor vai embora hoje com o senhor bispo e que vai sem me pagar os quinhentos mil-réis que o senhor padre me deve e que me pediu quando foi mês trasado para São Luís, no retiro do carnaval.

Padre Geraldo olhou dona Bolota. Os olhos dela eram de angústia e ainda traziam o jejum das dezenas de anos da viuvez do Azib de quem herdara tudo, os dinheiros contados, a loja, os bois, e o negócio de emprestar, teréns que desejava entregar no Céu ou no Inferno, onde iriam se encontrar. Padre Geraldo viu a aflição de dona Bolota.

— O povo ou a senhora, dona Bolota, *andam* dizendo ou pensando isso?

— O povo, seu vigário.

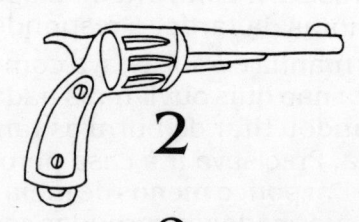

2

O SAPATEIRO Absalão era vermelho, de um vermelho forte. Casado, com treze filhos, quanto mais envelhecia mais vermelho ficava. Nascera no São José, ali fora criado e ali haveria de morrer num dia de sol ardente. Sua mulher, de tanto parir, não tinha carnes, senão dois seios compridos, escorridos de menino puxar. Gritava quando falava e falava pelos cabelos sem perder minuto algum.

Absalão metia suas cachaças em casa, fazendo chinelos, selas, cordas de laçar, sapatos rudes, alpercatas, xamatós, rabicheiras, mas era tido como bom sapateiro. Não era muito correto nas entregas. Trapalhão e careiro, tinha de arrumar dinheiro para comida aos filhos, agora felizmente todos criados, alguns casados, e ele envelhecendo, com dores de cabeça, faltando a vista e tudo. Era de lembrar sempre a quadra que o cego Torquato lhe fez uma manhã no mercado. O cego improvisava. Absalão pediu uma quadra.

— Uma para mim, Torquato.

E o cego firme:

— Lá vai:

Vremeião, feio e ladrão,
Da veíce à dentição,
No sertão do Maranhão
Somente seu Absalão.

Absalão não gostou. E a ouviu para o resto da vida de todos os fregueses a quem enganava. Mas dona Maria Bolota não podia queixar-se do sapateiro. Com ela sempre fora firme nos tratos. Agora mesmo mandara buscar em São Luís uns trinta pés de cromo e sola para o sortimento da loja, como sempre fazia. Dona Bolota fora em casa do Absalão, contratara tudo, entregara os couros, e esperava o dia de receber a encomenda. De permeio aconteceu o desastre.

Era meio-dia, sol caindo em brasas na areia quente. Tomás trouxe a notícia.

— Dona Bolota, o Absalão teve uma agonia e está morrendo. Passei por lá, é uma confusão danada. Coitado do Absalão.

Dona Bolota ficou lívida.

— Jeju, sela a burrinha depressa que eu preciso sair.

E ia pela estrada ensolarada, surrando a bichinha, pedindo pressa, suando, em busca da casa do Absalão. Chegou. O ambiente era terrível. Os filhos chorando o bom Absalão, a mulher em gritos cortantes maldizia de Deus e de tudo. Absalão dava os últimos suspiros. A casa cheia, os vizinhos, os amigos, o povo que ia passando e entrava. Todos choravam o Absalão, trocando lamentações. De fora mesmo, causando admiração, só dona Bolota que chegava afogueada pelo sol, cansada do chouto da burrinha, provocando comentários.

— Quem sabia que dona Bolota era tão amiga do Absalão? Quem diria? Já velha, nesse sol grande, mal soube da congestão do Absalão, chega — era comentário geral.

Outros diziam mais coisas, a velha tão pálida, encostada rígida na parede da sala. Seus olhos estavam pregados no Absalão que dizia adeus ao São José. A viúva, quando notou que dona Bolota recém-chegada e pálida ali estava para confortá-la, largou o corpo do marido e marchou dramática:

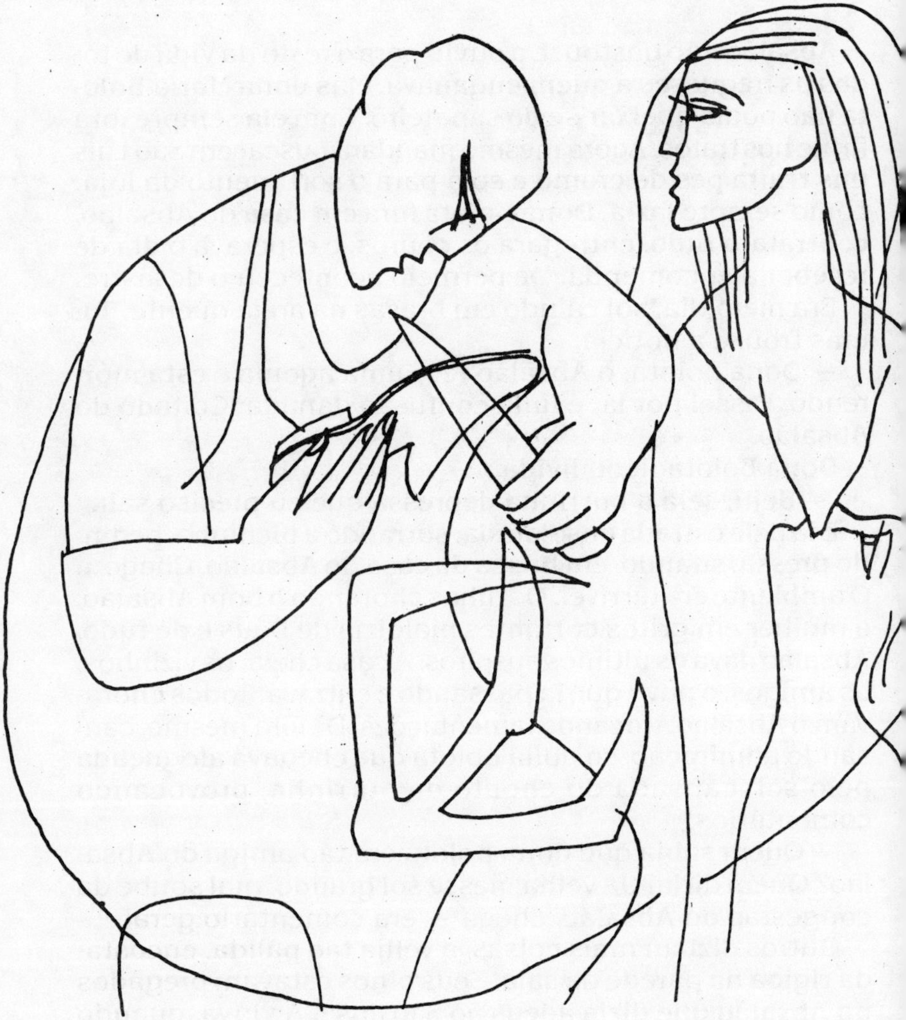

— Dona Bolota, que desgraça, tão seu amigo... Dona Bolota, nosso Absalão...

Dona Bolota estava como uma estátua, parada, lívida, com o pensamento que não era no rumo da inconsolável mulher do Absalão, o sapateiro que fizera a grande encomenda, e a quem mandara adiantados os aviamentos. *Azib, por que me deixaste tantas tarefas?*

Ali estava nos seus ouvidos a voz pedindo contas. Dona Bolota criou forças, pegou a viúva do Absalão, olhou nos seus olhos, viu o defunto, e não resistiu:

— Mulher de Deus, e os meus couros?...

3

A VIDA do padre Geraldo era a igreja e suas obras. O cônego Almeidinha, seu antecessor, ali envelhecera, deixara fazenda de gado e terra. Para o cônego, antes de qualquer cerimônia, fosse missa, enterro, batizado ou casamento, a pergunta vinha logo, ao pôr da batina:

— Cadê o cartão de pagamento do ofício?
— Na casa de Deus não tem fiado — e várias vezes fez suspender batizado e casório.

Padre Geraldo era enganado a toda hora. Pagava quem queria pagar. Extrema-unção e confissão podiam ser longe como fossem não tinham pagamento, e se a família não mandava condução, assim mesmo ele ia, às vezes em cavalo alugado ou emprestado. Por isso suas batinas eram velhas e ralas de lavar e vestir, de vestir sem lavar. E era compadecido com os que iam viver e os que iam morrer. O cônego Almeidinha era diferente. Na hora da morte vinha logo com aquela conversa do consolo divino:

— A senhora não fique triste porque vai morrer. Deus há de fazer que desta noite não passe seu sofrimento. Mas fique satisfeita: a vida para onde vai é bem melhor. Não se preocupe, aqui está tudo preparado, a vestição do corpo, o caixão e a sepultura. Tudo sem atropelo... O outro mundo é melhor.

Padre Geraldo era bom, rezava baixo, falava da vida para os enfermos e sobretudo não cobrava o ofício dos mortos. Por isso o povo gostava dele. Como todo padre no São José, também as más-línguas lhe davam desvios. *"A viúva do Zeferino anda caída pelo padre. Ele que não se agüente." "Ontem à noite o padre foi visto entrando na casa da viúva do Zeferino."* Mas o padre ficava indiferente a tudo.

Naquela manhã estava com os olhos cheios de saudade do povo de São José das Mentiras, que só chamava Das Verdades. Quando dona Bolota entrou lembrou-se dos quinhentos mil-réis. Até então ela nem passara pela sua cabeça. Tantas coisas estavam acontecendo desde a véspera. Poucos minutos antes fora o João Ubaldo, aquele seresteiro, boêmio inveterado, arredio da igreja:

— Padre, eu quero antes de sua partida uma confissão especial. Preciso de um desabafo com o senhor.

— Pois não, Ubaldo, vamos para a igreja.

E lá foram. As rezas do pecador e depois a confissão arrependida:

— Padre, eu não queria que o senhor fosse embora sem que eu dissesse ao senhor que a difamação que corre que o senhor ia de noite para a casa da viúva do Zeferino sou eu o culpado. O senhor sabe que ela é mulher de muita fortaleza. E estava no ponto. Bastava bajogar. Os olhares eram todos para seu lado, pois viúva gosta muito de homem de saia. Então eu fiz um bilhete a ela no seu nome, dizendo que ia noite alta, deixasse a janela aberta. Dito e feito. Arrumei uma batina, feita com um vestido preto, e fui. Quando ela viu que não era o senhor eu já estava dentro. Peço perdão, padre.

— Foi muitas vezes lá de batina, filho?

— Não, seu padre, de batina mesmo só fui da primeira vez.

— É, João Ubaldo, e o povo andava dizendo...

E depois a Maria das Dores, filha de Maria, a chorar pela sua partida, beijando e babando sua mão, a balbuciar "mãos santas, mãos santas". E os seus teréns de padre pobre para arrumar. O baú velho que fora de sua avó, a rede, duas ou três calças de brim barato, camisas velhas, poucos livros, e o xarope para asma.

E agora, dona Maria, depois do João Ubaldo com aquela história do povo andar dizendo. Os quinhentos mil-réis foram pedidos para fazer uma batina nova e ir para o retiro em São Luís. Dona Bolota era a única pessoa que emprestava dinheiro, não falava a ninguém, nem tinha por que se vangloriar disso.

— Dona Bolota, eu confesso à senhora que não estava me lembrando do dinheiro. Mas eu iria lembrar, e longe de mim dar prejuízo a quem me serviu.

— Eu sabia, seu padre.

— Pois peço que espere um pouco mais. Eu vou mandar de São Luís logo que consiga, pois aqui não tenho muita coisa.

— Seu padre, e o que eu vou dizer ao povo?

— Deixo à senhora minha batina nova, a que fiz com esse dinheiro, como penhor da minha palavra de que pagarei breve a conta.

— E o senhor não tem nem uns trocados para baixar o 5?

— Vou dar-lhe cem mil-réis e a batina.

— Sendo assim, seu padre Geraldo...

Padre Geraldo olhou a igreja de tantos anos e fitou mais uma vez a imagem de Cristo. Dona Bolota montou o burrinho, levando um embrulho no cabeçote. Seguia devagar e menos pálida. Ao sair João Ubaldo perguntou:

— Que vai levando aí, dona Bolota? Algum presente do padre?

— Não, seu João Ubaldo, é uma batina.

— Pois guarde bem guardada.

4

Os COLÉGIOS já estavam arrumados em filas com as irmandades e tudo pronto para começar o cortejo que levaria o bispo e o padre Geraldo até à beira do rio. Dom Adriano estava paramentado. Era o único que ia montado, todos mais a pé. Ao lado o vigário, os monsenhores, os seminaristas que o acompanhavam, a Irmandade do Carmo com suas fitas largas e vermelhas. O bispo era de poucas despedidas. Mal montado, os cânticos começaram.

— Salvé, salvé... nosso Pastor.

Dom Adriano não perdeu tempo.

— Vamos depressa que quero chegar. Este calor me faz mal.

— Viva Dom Adriano, príncipe da Igreja!

— Viva!

E os foguetes e a banda de música marcaram o início da viagem. O bispo não era homem para respeitar solenidades quando tinha coisas a tratar. Na Semana Santa desse ano, na quinta-feira, na catedral de Nossa Senhora da Vitória, sé de São Luís, quando da cerimônia do Lava-pés, ao seguir com a bacia e a toalha enxugando os pés dos seminaristas colocados em fila para a santa cerimônia, em frente ao tonsurado Jesuíno, parou, quebrando o silêncio da igreja, no meio do roxo cobrindo as imagens, os cânticos e tudo mais:

— Moleque, sai daqui, Jesuíno! Você pensa que a cerimônia do Lava-pés é para lavar pé de seminarista porco? Com esse pé sujo na igreja! Vai lavar e volta.

E o futuro padre Jesuíno saiu e foi lavar os pés, enquanto os acólitos, cônegos e monsenhores, com mesuras, aprovavam as palavras de Dom Adriano. Ora, ali agora no São José era menos solene, o céu do interior, montado a cavalo, de anel e paramentos.

— Monsenhor, até agora eu não soube. Quanto renderam a crisma e as espórtulas da manhã?

— Quatro contos, duzentos e vinte.

— Rendeu pouco, da outra vez foi mais.

Padre Geraldo justificou:

— O povo está passando uma grande crise, Vossa Excelência sabe, aqui a região é pobre.

— Para a igreja todo o mundo é pobre, para as bandalheiras todo o mundo é rico.

E atalhou:

— Padre Geraldo, que batina mais surrada?
Meio encabulado o padre se aproximou do cavalo e contou em voz quase imperceptível o caso de dona Maria Bolota, viúva do sírio Azib.

— Eu não tive quatrocentos mil-réis para tirar a batina do penhor, Excelência.

O "salve, salve" estava alto, os foguetes e a orquestra. Dom Adriano, mais imponente do que nunca, já na beira do rio. As canoas de tolda e a alegria do povo batendo as mãos e dando saudades nos olhos e nos lenços.

Padre Geraldo olhava os olhos que o olhavam. Ao longo a torre alva da igreja: São José das Verdades ou São José das Mentiras? Dom Adriano cortou-lhe os pensamentos:

— Padre, uma batina não vale nada.

Este livro foi composto nas oficinas da
T&M Desenho Industrial e Artes Gráficas
Rua Gonçalves Dias, 38/502 — Rio de Janeiro, RJ
e impresso nas oficinas da
Graphos Industrial Gráfico Ltda.
Rua Santo Cristo, 70/78 — Rio de Janeiro, RJ
para a
Livraria José Olympio Editora S.A
em janeiro de 1993

ANO DA VI BIENAL INTERNACIONAL DO LIVRO
(Rio de Janeiro, 19 a 29 de agosto)

*

Centenário de nascimento de
Paulo Setúbal (1.1.1893 — 4.5.1937)
Gilka Machado (12.3.1893 — 17.12.1980)
Jorge de Lima (23.4.1893 — 15.11.1953)
Ronald de Carvalho (16.5.1893 — 15.2.1935)
Mário de Andrade (9.10.1893 — 25.2.1945)
Sobral Pinto (5.11.1893 — 30.11.1991)
Alceu Amoroso Lima *(Tristão de Athayde)* (11.12.1893 — 14.8.1983)
Cinqüentenário de lançamento do romance *Fogo morto*,
de José Lins do Rego (outubro de 1943)

*

61.º aniversário de fundação desta Casa de livros

CÓD. JO: 02530

Qualquer livro desta Editora não encontrado nas livrarias pode ser pedido
pelo reembolso postal, à LIVRARIA JOSÉ OLYMPIO EDITORA S.A.

Rua Marquês de Olinda, 12 — Botafogo
22251-040 — Rio de Janeiro, RJ
Tel.: (021) 551-0642 — Telex: (21) 21327 — Fax: (021) 551-7696